保護な王子様《プリンス》

Illustration✻明神 翼

イラストレーション※明神 翼

CONTENTS

お隣さんは過保護な王子様《プリンス》 9

あとがき 242

この作品はフィクションです。
実在の人物・団体・事件などに一切関係ありません。

お隣さんは過保護な王子様《プリンス》

いるところだった。

★★★

野間玲史《のまれいじ》は十八歳。第一志望の大学に受かり、大きな希望とそれ以上に大きな不安を抱いているところだった。

実は玲史は、高校生活をまともに送っていない。

高校入学してすぐに交通事故に遭い、入院生活となってしまったため、ようやく高校に通えるようになったときには、もうクラスの人間関係ができあがっていたのである。

おまけにバレー部の期待の次期エースでクラスでも人気者の尾形《おがた》が、おかしな感じで絡《から》んできた。

真っ黒な髪と目を持ち、肌の色が白い玲史はおとなしく見られがちで、尾形も最初からどこか偉そうな態度だった。

明るく話しやすく、誰にでもフレンドリーなイケメンの尾形だが、玲史は苦手だ。孤立している自分に声をかけてくれるのはありがたかったが、その構い方にどうにも性的なものを感じて苦手だったのである。

中学生の頃からその手の若い男や中年男性に声をかけられていた玲史は男の下心に敏感で、それゆえに尾形と距離を取ろうと苦心する。

しかし尾形はしつこく絡み、そのせいで余計他のクラスメイトから孤立する結果になった。

しかも途中からは本当に性的な接触を含むようになり、校舎内で襲われそうになったことから怖くなって不登校になってしまった。

原因が原因なので両親にも説明できず、事故のブランクでうまくクラスに馴染《なじ》めないとしか言えなかった。

姉にだけは本当のことを打ち明けたおかげで口添えをしてもらえ、登校しろと無理強いされずに過ごさせてもらうことができたのである。

結局高校は退学して家にいることになったが、もともと真面目な性格だから生活が荒れることもなく、申し訳なさから率先して家事をこなし続けたため、今ではプロ並みの手際だ。

両親ともにとても忙しい大学病院の勤務医なので、疲れて帰ってきたときに綺麗な部屋と美味しい食事が待っているのは嬉しかったらしい。

玲史が早寝早起きの規則的な生活を送り、買い物のために外にも出かけるし、大検を取るための地道な努力をしていたから、両親も途中から心配するような言葉は言わなくなった。

晴れて大学に合格した今は、今度こそがんばろうと気合が入っている。

入学式を一週間後に控え、大学でもらった要項を何度も読み返していると、ピンポンとインターホンが鳴る。マンションの入り口ではなく、玄関のほうのインターホンの音だ。

なんだろうと思いながらインターホンに出てみると、隣の部屋の人が引っ越しの挨拶《あいさつ》に来たとのことだった。

「はい、ちょっとお待ちください」

玲史はインターホンを切ると急いで玄関に行き、扉を開ける。

「――」

扉の前に立っていた男と目が合って、その瞬間玲史はビクリと震えた。

日本人にはない銀色にも見えるグレーの瞳に、青い色が見える。怖いほど綺麗なその色に魅せられ、鋭く射抜くように見つめられ、妙に怯《おび》えてしまったのである。

しかし男の目はすぐに優しげなものに変わり、自己紹介をした。

「どうも、こんにちは。隣に越してきた佐木《さき》龍一《りゅういち》です。これからどうぞよろしくお願いします。これ、どうぞ」

にっこり笑って有名菓子店の箱を差し出してきた青年は金色が混じった明るい茶色の髪で、肌色も顔立ちも日本人離れしている。

イケメンやハンサムと言うより美形と言うほうがふさわしい、素晴らしく整った男らしくも美しい顔立ちである。

おまけに玲史より二十センチくらいは長身で、体格もいい。笑顔で挨拶をしてくれたからよかったが、ちょっと後ずさりたくなるような迫力の持ち主だった。

そういえば先日引っ越ししていった隣の若夫婦は、奥さんのほうが「代わりに弟が入りますので、よろしく」と言っていた。

綺麗で上品な彼女も綺麗なグレーの瞳の持ち主で、ハーフだと言っていた。

「ええっと…こちらこそ、よろしくお願いします。ここのお菓子、美味しいですよね。ありがとうございます」

「親に持たされたんですよ。俺は一人暮らしをするのは初めてなので、いろいろ教えてもらえると嬉しいです。特にこの街のこと…スーパーとか、旨い店とか」

「あ、はい。いいですよ」

「本当に？　本気でお願いします。何しろ炊飯器の使い方しか教えてもらっていないから、今夜から早速何か買ってこないと」

「ええっ⁉　炊飯器の使い方だけ？　じゃあ、味噌汁とかおかずは？」

「味噌汁はお湯を注ぐだけのがあるらしいし、おかずは最初のうちはスーパーとか惣菜店《そうざいてん》で買ってくればいいかと思って。慣れてきたら、目玉焼きから始めてみる」

「目玉焼き……」

それすら作ったことがないのかと、玲史は目眩《めまい》を感じる。

よくそれで一人暮らしをする気になったなと、感心さえしてしまいそうだ。

「かなり、切実ですね。よければ、これから案内しますけど」

どうせ玲史は暇だし、お隣さんと仲良くしておくと何かあったときに心強い。

「本当に？　助かります」

「ちょっと待ってくださいね。上着を取ってきます」

「じゃあ、俺も」

いったん別れて、玲史はもらった菓子の箱をリビングのテーブルに置く。そして自室に戻ると上着を羽織り、スマホと財布をポケットに突っ込んだ。

靴を履いて外に出るとちょうど龍一も出てきたところで、連れだってエレベーターに向かう。

「あー…ところで、なんて呼べばいいのかな？」

「……そういえば、名乗っていませんでしたね。野間玲史です。うちはみんな野間なので、玲史って呼んでください」

「俺は龍一でいいよ。年は十九歳で、大学二年になるところ」

「十八歳で、大学一年です」

「一つ下か。どこの大学？」

大学名を言うと、龍一は驚きの表情を浮かべる。

「俺と同じだ。へー、後輩か。俺は法学部だけど、玲史は？」

「同じです。すごい偶然ですね」

「本当にな。でも、ちょっとホッとした。後輩なら、俺にもいろいろ教えられることはあるから、遠慮なく頼れる。姉貴の部屋を借りて一人暮らしできるのは嬉しいけど、メシしか炊けないのはヤバいよな」

「ボクは料理得意なので、教えますよ。慣れれば簡単です」

「おお、マジでよろしく。その代わり俺は、教授のこととか、試験のコツを教えるよ」

「お願いします」

「持ちつ持たれつってことで」

「はい」

大学の先輩後輩と分かって、一気に距離が縮まった気がする。

エレベーターを降りて外に出て、駅のほうに向かって歩きながら、この店は美味しい、この店はダメと教える。

マンションと駅の間には二つのスーパーがあって、それぞれ特徴があるためにその使い分けの方法も教えた。

「生活用品は全部置いていってくれたから、問題はおかずなんだよな。やっぱり基本はスーパーと弁当屋になっちゃうか」

「テレビで見るような、元気な商店街ではないですからね。レトルトと冷凍食品もわりと美味しいですけど、ちょっとしたおかずは自分で作れないと不便じゃないかな?」

「だよなぁ。いや、本当に、そのあたりよろしく」

「はい。まずは目玉焼きからですね」

「そのあと、オムレツだな。簡単な朝食メニューから教えてほしい。いちいち外に食いに行くの、面倒だし」

「分かりました。それじゃあ、パンとか卵を買って戻りますか？」

「その前にコーヒーが飲みたい。豆も買いたいし」

「コーヒー専門店があります。父のお気に入りの店で、うちはそこで豆を買っていますよ」

「それじゃ、そこに行こう」

大通りから一本入ったところにこぢんまりとしたその店はあり、前を通るだけでもコーヒーのいい香りがする。

二人は空いている席に座ると、龍一が奢《おご》るからと言ってケーキセットを二つ頼んだ。

夫婦で経営している小さなこの店では、ケーキは自家製で一種類のみだ。日替わりだが、とても美味しいと評判である。

「はー…旨い。姉貴のとことは、豆の好みが違ってさ。あっちは酸味好き、俺は苦味好きなんだよ」

「ああ、ボクも酸っぱい系のコーヒーはちょっと苦手です。おかげで少し安くすむから嬉しいですけど。酸味の代表のブルーマウンテンとか、高いですもんね」

「買うなら、しっかりローストしたブラジルかなー」

「あ、今のうちに言っておくと、好みの感じでローストしてもらえますよ」

「お、マジ？　ちょっと失礼」

龍一は慌てて立ち上がり、マスターのところに行って持ち帰りの豆をオーダーしている。

肩ひじ張ることなく話せる龍一に、玲史はホッと吐息を漏らした。

久しぶりの学生生活ということで大きな不安もある中、龍一という頼もしい先輩ができたのは本当に嬉しかった。

「注文してきた。いいな、ここ。コーヒーだけでなくケーキも旨いし、男でも入りやすい」

ケーキ店はどうしても女性客ばかりだから、甘いもの好きな男にとっては敷居の高い場所だ。だがこの店の客は男のほうが多いので、居心地がいい。

「駅の近くに美味しいケーキ店があるから、テイクアウトすればいいですよ。コンビニのデザートも美味しいし」

大通りだけでも三つのコンビニがあるから、便利なのは間違いない。

「大学の学食って、どんな感じですか？」

「そうだなー…いくつかあるから。速さと安さ重視のとことか、オシャレなカフェテリア風とか。俺は面倒くさがって法学部の棟のに行くことが多いけど、結構旨いぞ。メニューも豊富だし」

「へー。学食のイメージだと、定食にカレー、ラーメン、ソバっていう感じですけど」

「高校はそんなもんだが、大学は学食自体デカいからな。そこらのファミレスよりメニューは豊富だ。ラーメンだけとっても、豚骨ベースに塩、醤油《しょうゆ》、味噌とあるぞ。他の棟のラーメンは鶏がらベースとかな」

「えっ、それ、すごいですね。棟によって違うんですか？」

「同じだと、つまらないだろ。棟ごとに違う業者が入っていて、競わせているらしい。大学だと一定数の客は見込めるし、大学側からも補助が出るから、どこもわりと安くて旨いぞ」

「それは、楽しみです。あまり美味しくないようだったら、お弁当を作っていかないとな～と思っていたので」

「他の棟もあるから、そうそう食べ飽きたりしない。おまけに期間限定で地方フェアをやったりするしな。沖縄《おきなわ》フェアのときは、ビールが飲みたくてまいった」

学生にとって一番の関心ごとである学食事情についてあれこれ聞いてから、二番目の関心ごとである講義内容について聞く。

「一、二年のうちは、講義数が多いから大変だぞ。法学部は暗記ものが多いしな。玲史は、どうして法学部を選んだんだ？」

「ええっと…暗記は得意だし、就職に有利だと聞いたことがあるので……。検事とか弁護士は性格的に向いていない気がするから、公務員か民間企業か…じっくり考えます」

「ああ、どっちも大変だもんな～。……って、俺は弁護士を目指してるんだけどな」

「もう決めているんですか？　すごいですねー」

「そのあたりは、まぁ、いろいろと。実際、法学部の就職率は、他よりいいぞ。法律関係を知っていると、便利だと思われるみたいだな」

「在学中に司法試験に受かると、就職率がドーンと上がるとか。……でも、それってすごく大変ですよね？」

「ああ、すごく大変だと思う。でも、目指してるやつも多いけど。俺も来年受けるために、今からもう勉強してるぞ」

弁護士になるためには司法試験に受からないと始まらない。まだ脳みそが柔らかいうちにガンガン詰め込んでいるとの話だ。

とにかく暗記しなければいけない量が半端ではないので、若いほうが有利なのは間違いない。

「うちの教授陣は厳しい人が多いから、サボろうと考えないほうがいい」

志田《しだ》教授は出席に厳しくて代返が利かず、抜き打ち試験もするとか、安井《やすい》教授はレポート重視だから適当に書くと痛い目に遭うとか教えられ、玲史はスマホにそれらの情報を打ち込んでいく。

試験前には龍一の入っている剣道部で、毎年改編を重ねている想定集も見せてくれるという。

「龍一さんって、剣道部なんですか？」

「ああ。見た目がこんなんだから、似合わないとよく言われるけどな。子供のときからやってて、それなりに強いんだぞ」

「どちらかというと、音楽とかやっていそうに見えます」

「それも、よく言われる。……そういや玲史って、どこの高校だったんだ？　俺の知ってるところかな？　あちこちと交流試合をやってたから、わりと詳しいんだよ」

「あー……」

玲史はためらい、ろくに通えなかった高校名を告げる。

「ああ、知ってる。剣道部はあまり強くなかったけど、まぁ、進学校だったからな。一度、交流試合で行ったことがあるよ。体育館とは別に道場があるのが羨《うらや》ましかったな」

「……そういえば、ありましたね」

玲史が高校に通ったのは、実質一ヵ月に満たない期間でしかない。足の怪我で体育も休んでいたので、施設をきちんと把握する前に不登校になってしまったのである。

玲史はどうしようか少し迷った末、龍一に打ち明けることにする。

「ええっと……実は、その……あまり高校には通っていなくて。……というか、ほとんど通っていないかも」

「そうなのか？」

「はい。高校に入学してすぐに交通事故に遭ってしまって、入院生活だったんです。そのせいでうまくクラスに馴染めなくて……。大検を取って、受験しました」

「そうか、大変だったな。それじゃ、学生生活は久しぶりなわけか。後輩でお隣さんなんだから、頼っていいぞ～。法学部の一年も紹介するよ」

「よろしくお願いします」

「おう。俺は俺で、家事を教えてもらうわけだから。お互い様だな」

「はい。それじゃ、買い物をして帰りましょうか。……あ、夕食、うちで一緒にいかがですか？父のリクエストで、グラタンを作るつもりなんですけど」

「おっ、いいねぇ。でも、俺、かなり量を食うんだけど」

「大きい耐熱皿もあるから、大丈夫です」

「じゃあ、よろしく」

二人が会計をすませて店を出ようとしたところで、ちょうど入ってこようとした客がいる。

「あ、玲史くん。ひさしぶり～」

たまにこの店で会う、三咲七生である。

小さい店だから相席になることもあって、話してみたら同じ年だと分かったのだ。しかも互いに家事を任されているから、意気投合した。

よく行く近所のスーパーは、チラシに載っているのよりもお得な商品が不定期で出る。どうやら数が確保できないものらしく、素晴らしくお買い得だがその場かぎりの売り切りごめんだ。

話の成り行きでその話題が出たことがあって、二人はメールアドレスを交換してお得情報をやり取りしていた。

「ちょうどよかった。スーパーの前を通ってきたら、キュウリが三本百円だったよ。あと、レタスも百円。オレ、今日は買い物する予定じゃなかったのに、思わず買っちゃった」

「うわー、安いね。これから行くから、最初に確保しないと」

「キュウリはあと二箱しかなかったから、がんばって」

「ありがと～」

　バイバイと手を振って七生と別れ、スーパーへと向かう足取りが急ぎ足になってしまう。

　店頭で目立つように陳列されているキュウリは残り一箱で、レタスは二箱だ。特に個数制限はなかったから、毎日サラダを作る玲史はレタスを二個とキュウリを十二本籠に入れた。

　気持ちが落ち着いたところで、龍一に棚の配置や商品の大体の値段などを説明しながらあれこれと食材を買い込んだ。

　マンションに戻ると龍一が実際に料理をしているところが見たいと言ったので、下拵えの段階から見学することになる。一応は手伝うと言ったが、本当に何も知らないから子供のお手伝いレベルでしかない。

　海老《えび》のワタ抜きをしてもらうときも、海老ってこんな内臓なのかと驚いていた。

「……そういえば、うちのグラタンはちょっと変則的で……。父がご飯と味噌汁がないと食べた気がしないという人だから、グラタンがおかずなんです」

「へー、珍しいな。といっても、うちの父親は日本かぶれのアメリカ人だから、グラタンなんて家で出たことないけど。和食最高、生魚、生肉、生卵を食えるなんて…と感動してたらしい。ハンバーガーやピザは、たまに食べられればいいんだと」

「へー、意外。でも、それならグラタンにご飯と味噌汁でもいいですか？」

「ああ。俺も、グラタンだけじゃ食った気がしないし」

龍一はホワイトソースの作り方にも驚いてみせ、バターと小麦粉と牛乳で本当にできるのかと信じられない様子だ。牛乳を少しずつ注ぐ係をやらせてみたら、眉間に皺を寄せ、思わず笑いたくなるほど真剣に注いでいた。

「すごいな…魔法みたいだ。俺の知ってるホワイトソースになった」

「うちはここにコンソメの粉を入れて、味を濃くするんです。おかずだから、普通よりしょっぱめにしないと」

玲史も最初はインターネットで調べたレシピどおりに作っていたが、家族の嗜好《しこう》や味覚に合わせて変えていっている。

結果、マカロニなしで塩気が強めのおかずグラタンに行きついたのである。

鶏肉や海老、キノコ類だけのグラタンでは野菜が足りないと、サラダもつけて味噌汁を作れば完成である。

両親は毎日揃って夕食の時間に帰れるわけではないから、オーブンで焼くだけのグラタンは熱々の出来立てが食べられて人気だ。

しかも料理中にメールが来て、今日は二人とも夕食に間に合うよう帰ってこられるという。

玲史は四人分の食卓を整え、あとはグラタンを焼くだけの状態にした。

余った時間は、龍一にレクチャーである。一緒に洗い物をしてやり方を教え、自分にとって使い勝手のいい収納も伝えた。

そんなことをしていると、玄関のほうから声が聞こえてくる。

「ただいま」

「ただいまー」

「あ、お帰り。今日は一緒に帰ってきたんだ」

「そうなの。タイミングがよかったわ。……あら、お客様？　いらっしゃいませ」

「お邪魔してます」

龍一は姿勢よく両手を脇でピシリと揃え、きっちりと腰を屈めて頭を下げる。

「こちら、お隣に越してきた佐木龍一さん。香織《かおり》さんの弟さんだって」

「ああ、はいはい。そういえば、代わりに弟さんが住むと言ってましたっけ。よろしくお願いします」

「こちらこそ、よろしくお願いします。一人暮らしは初めてなので、分からないことだらけで。玲史くんにいろいろ教わりたいと思っています」

「うちの玲史は、家事マイスターですからね。私なんかよりよっぽど主婦力が上だし、玲史のお友達になってくださると嬉しいわ」

「佐木くんは、何歳なんだい？」

「十九歳です。なんと、玲史くんと同じ大学の二年なんですよ。すごい遇縁ですね」

「おお、それは頼もしい。玲史の先輩か」

「はい。しかも同じ法学部です。分かったときは、ビックリしました。玲史くんが俺に家事を教えて、俺は大学について教えるということで話がついています」

「まぁまぁ、本当にすごい偶然ね。なんて幸運なのかしら。佐木さん、この子のこと、よろしくお願いしますね」

「お互い様ですから。何しろ俺は、炊飯器の使い方しか知らないんですよ。玲史くんのほうが大変な気がします」

「よかったわぁ。玲史に頼もしい先輩ができて」

「本当になぁ」

よかったよかったと喜ぶ両親に、龍一はホワイトソースが自分で作れるとは知らなかったレベルですからね…と笑う。

そんな三人をよそに、玲史はオーブンでグラタンを焼いている間、味噌汁の仕上げをしていた。

「佐木くん、ビールを飲まんかね、ビール。今日はお祝いだ」

「あー…一応未成年なんですけどね。一応、飲んじゃいけないことになっているんですよね。でも、嫌いじゃないんですよ。むしろ、好きなんですよ。旨いですよねー、ビール」

「おお、嬉しいなぁ。玲史は最近の若者らしく、酒の味が苦手なんだよ。大学に行くにあたって少し飲ませてみたんだが、ジュースで割って甘くしないとダメみたいでね」

「ああ、そういう学生、増えてますよ。飲み会なんかでも、乾杯はビールっていうわけじゃないし。昔は、『とりあえずビール』っていう言葉があったんですよね？」

「私たちの世代は、今でもそうだよ。母さんも、ビールをどうだ？」

「私はワインにするわ。グラタンには、白ワインでしょ。玲史、チーズをたっぷり載せてね」

「大丈夫。お母さんのは倍にしたから。トロトロだよ～」

「さすが、玲史。どのワインにしようかしら～」

母はいそいそとワインセラーに向かい、父は冷蔵庫からビールを取り出している。五百ミリリットルの缶を一つと、グラスを二つ用意してテーブルについた。

「佐木くんは未成年だから、ビールを飲めとは言えないなぁ。でも、まぁ、私だけ飲むのも申し訳ないし、味見ということで」

そう言いながらグラスの縁までビールを注いでいく。

「味見ですね、味見。それじゃ、ちょっとだけ」

味噌汁とご飯をよそい、テーブルへと運んでいた玲史は、二人のやり取りに呆れた視線を向ける。

「飲んべの言い訳だなぁ」

「気にするな」

「そうそう。ビールを旨く飲むための、儀式みたいなものかな」

そう言って三人はそれぞれのグラスを持って乾杯し、美味しそうに飲む。

「うーっ。仕事終わりの一杯は、たまらないなぁ」

「やっぱり、ビールですよねー。この苦味が旨いのに」

「男は単純だから。白ワインの爽やかなフルーティーさこそ最強でしょう」

アルコールを美味しいと思えない玲史は、まるで同意できない。そんなものより、表面に美味しそうな焦げ目がついているグラタンのほうが重要だった。

「できたよー。熱いから、避けて」

そう言って布巾で取っ手を持ち、それぞれの前に置く。

「おーっ、旨そう」

「今日のも完璧ねー。さすが、玲史」

玲史も自分の分を置いて席に座ると、いただきますと言って食べ始める。

「うん、旨い。ホワイトソースがなめらかだな。これ、俺も手伝ったんですよ。牛乳を注いだだけですけど」

「私が作ると、どうしてもダマができちゃうのよね。せっかちだから。ああ、ワインと合う。でも、お味噌汁も美味しいわ～」

常日頃から食べないと体がもたないと言っている両親は、かなりの健啖家《けんたんか》だ。大いに食べ、大いに飲む。

龍一も体格に見合った胃袋の持ち主らしく、三人よりも大きな耐熱皿で作ったグラタンをパクパクと食べ進めていく。

ビールを飲みながらご飯と味噌汁もお代わりし、旨いを連発してくれた。

ついでに父が冷蔵庫の中からもう一本ビールを取り出してきて、ちょっとした宴会となったのだった。

★★★

その日から、玲史と龍一の交流は頻繁《ひんぱん》になった。

龍一は付き合いが広いらしくて毎日のように出かけているらしいが、帰ってくると玲史のところに顔を出して料理を手伝っていた。

包丁はまだおっかなビックリという感じだが、ピューラーは簡単なので楽しいという。小口切りやイチョウ切りといった言葉も覚え、つたないながらも一生懸命だった。

家事を教えるだけでなく、ときには一緒に映画を見に行ったり買い物をしたりして、気心の知れた仲になりつつある。

そうして迎えた大学の入学式は、両親が揃って出席した他に、姉も仕事を休んで来てくれた。この三年間、彼らがどんなに玲史のことを心配していたのか分かる。

大学生活は無事にスタートし、朝一から入っていた講義では早速教授に脅《おど》された。代返は許さないし、レポートの不出来や試験の点数不足で容赦なく単位を落とすという話だ。この大学は司法試験の合格者が多いことで有名だから、やはりそのぶん大変らしい。浮かれていた室内が、ピリッと引き締まったのが分かった。

玲史のように就職に有利だからと法学部を選んだ学生も多いのだろうが、成績は優秀に越したことがない。単位不足で留年するなど、とんでもない話だった。

昼休みは龍一に、法学部の後輩を紹介するから一緒に昼食を摂ろうと誘われていた。

ノートなどを片付けてロッカーにしまい、棟の一階にある学食に入ってみると、すでにもう学生で混み合っている。

とりあえず玲史は日替わりランチを購入して、もう龍一は来ているのだろうかと辺りを見回してみる。

「おーい、玲史。こっち、こっち」

声のしたほうを見てみれば、龍一がいて手を振っている。

玲史がそちらに行くと、隣の席をポンポンと叩いて座るよう言った。

「剣道部の後輩の、内田《うちだ》と丸川《まるかわ》だ。それでもってこっちは、野間玲史くん。俺のお隣さんで、一人暮らしのための先生なんだよ。お前たちは同じ法学部だから、仲良くやってくれ」

「はい」

「よろしく」

「こちらこそ」

互いに挨拶をし、冷めないうちにと昼食を食べながら会話する。

「お前ら、朝一から講義だったんだって？　うちの教授陣、きついだろう。法学部は堅物揃《ぞろ》いで有名だからな。本当にビシビシ単位を落とすから、気をつけろよ」

「はい。一限、二限と連チャンで脅されて、怖かったっす」

「マジ、泣きそうになりました」

玲史もそれに、うんうんと頷《うなず》く。

「ああ、最初に一発かますんだよ。でも、真面目にやって卒業できれば就職はバッチリだぞ。教授陣の厳しさも、就職率のよさに繋がってるからな」

「が、がんばります」

「俺、国家公務員を目指してるから、結構必死なんですよねー」

「俺は検事です。だから、本当に必死です」

「国家公務員？　検事？」

内田と丸川の言葉に、大学に入学したばかりでもうしっかりと志望先が決まっているのかと、玲史は驚いてしまう。

「昔から刑事もののドラマが好きでさ、その影響。検事も弁護士も大変な仕事だけど、弁護士は悪人も弁護しなきゃいけないから、精神的によりきついかと思って」

「ああ…うーん、なるほど……。でも、検事は見たくないものをたくさん見なきゃいけないから、つらい気がするんだけど。殺人事件とか、現場写真でトラウマになるって聞いたことがある……」

「ああ、俺も新聞で読んだ。でも、それを言ったら刑事事件の弁護士だって同じだろ。それに、現場で直接遺体を見る警官なんて、もっときつくないか？　それに比べれば、写真なんてマシだよ」

「それもそうか……」

「野間は？　もう行きたいとこ、決まってるのか？」

「まだ、全然。公務員か、民間企業か……それすら決めてない」

「まぁ、それが普通だよな。俺たち、大学に入ったばかりだし」

「うん」

「先輩は、来年、司法試験を受けるんですよね？　勉強とか、もうやってますか？」

「ああ、時間を見て、少しずつな。うちの講義、ちゃんと聞いておけよ。司法試験を受けるつもりなら、役に立つらしいから」

「はい。居眠りで減点って言われてますしねー」

「あ、それ、マジ。減点三で、欠席扱いになる」

「き、厳しい……」

「マジですか？　それ、厳しすぎないですかね？　大学生って、もっとこう…いろいろ解禁されて、楽しいものだと思ってたんだけどなー。文化祭に顔を見せに来てくれた先輩たちも、大学は自由で楽しいぞーって言ってたのに」

「そういうことを言うと、『キミたちは、勉学のために大学に来ているのではないかね？』って言われるぞ。正論だから、言い返せない。司法試験の合格者数は、教授たちのプライドにもかかわってくるしな」

せっかく大学生になったのに、遊ぶ暇がないと二人は嘆く。

話を聞いていると、どうやら二人は高校のときから龍一の後輩で、付属からそのまま受験勉強なしで上がってきたらしい。

「二人とも、大学でも剣道部なんだよね？　部に入っていたら、ますます遊ぶ時間なんてなくなる気がするけど」

「そうだけどさー。うちの大学、そんなに厳しくないって聞いてるし。目指せ優勝…なんていうレベルじゃないからなぁ。佐木先輩くらいですよね、全国を狙《ねら》えるの」

「あー…団体戦は無理かな。都大会を突破するのが、厳しいんだよ。毎年、いい線まではいくんだけどな」

東京《とうきょう》は大学の数が多いから、そのぶん層も厚くなる。団体戦は一人二人強い選手がいても勝ち残れないので、部全体の底上げをしなければならなかった。

「いや、でも、あんまり高い目標を掲げられて、毎日朝練とか言われても困るので、ほどほどがいいです」

「だよなー。剣道は好きだけど、バイトもしたいし。毎日練習があると、他に何もできなくなるもんな」

熱血とは程遠い二人に、龍一は笑っている。

体育会系だから上下関係はしっかりしているようだが、和気藹々《わきあいあい》とした雰囲気だった。

「野間も剣道部に入れば？　初心者歓迎だぞ」

「んー…昔、事故でちょっと膝を痛めたから、運動部はやめておく。ちゃんと完治してるし、後遺症があるわけじゃないんだけど、走り込みとか筋トレは自信ないから」

「そうなのかー、残念。でも、一回見学に来いよ。佐木先輩目当てで、わさわさ女の子がいるから。華やかだぞー」

「ああ、龍一さん、女の子にモテそうだもんね」

一九一センチの長身に、金茶色の髪とグレーの瞳のハーフだ。体格もいいし、文句なしの色男なのに、剣道も全国大会で優勝を狙えるほどの腕前らしい。

入学式前のサークル紹介の時点で二十数人の女の子が入部し、それは続々と増えているとのことだった。

「ハードな基礎トレをさせて、この一週間で半分に減らす予定だ。二週間後には三分の一残っているかどうかだな」

「えーっ。せっかく華やかなのに。女っ気のない高校生活だったから、辞めさせるなんてもったいないですよ」

「今のままじゃ、人数が多すぎて練習にならない。うるさいしな。初心者は歓迎でも、男目当ての女は歓迎できないんだよ」

「それは、モテるから言えるセリフですよー」

「黙ってても女の子が寄ってくる男の余裕……」

二人は恨めしそうに龍一を見据える。

龍一は、フンッと鼻で笑った。

「俺は、ハンター系の女は好きじゃないんだよ。なのに、周りをそんな女で固められてみろ。うんざりさせられるに決まってる」

「羨ましいとしか言えません」

「俺も、ハンターに囲まれてみたいです。先輩に言い寄る女って、自分に自信があるタイプだけあって、美人だったり可愛かったりする子ばっかりじゃないですか。いいな～」

心の底から羨ましいと言う彼らに、龍一は呆れた視線を向ける。

「お前ら、そんなんだとろくでもない女に引っかかることになるぞ。ハンターの中には、男を金蔓《かねづる》としか見ない女もいるんだからな。ねだられるままバッグやらアクセサリーやらを貢《みつ》いで、借金を背負って退学していったやつもいるんだぞ」

「えーっ。俺たち、貢ぐような金、持ってないですもん」

「だから、借金まみれになったんだろ。言っておくが、退学したやつはごく普通の金銭感覚の持ち主だったらしいぞ。女が遥かに上手だったんだよ。俺の経験から言うと、自分に自信のある女は面倒くさいの一言だ」

「……一度くらい、面倒な目に遭ってみたいような……」

「だよなー。さすがに借金と退学は勘弁だけど、悪い女に振り回されるのも一度くらいなら経験してみたいというか……。野間もそう思わないか？」

「え？　うーん…いや、ちょっと無理。大学の勉強だけでも大変そうなのに、女の子に振り回される余裕なんてないよ。一、二年のうちは必修科目も多いし、レポートもガンガン出すって宣言されてるんだから」

「そんな夢のないこと言うなよ。女の子のいるキャンパスで、楽しい楽しい大学生活を夢見てがんばってきたのに」

「厳しい法学部で、剣道部に入って、バイトもして、そのうえ在学中に司法試験に挑戦しようと思ってるなら、あまり浮かれてる時間はない気がする……」

「ああ～浮かれ気分が潰されていく……」

嘆く内田に、龍一が笑いながら言う。

「大丈夫、時間配分なんてなんとかなるもんだ。楽しもうとすれば、ちゃんと楽しめるぞ」

「先輩は頭もいいからなぁ。俺たち凡人は、すっごいがんばって勉強しなきゃいけないんですよ」

「大学の試験は部に伝わる想定問題集でそれなりの点数が取れるが…司法試験は努力あるのみだからな。暗記しなきゃいけないものの量の多さには目眩がする」

「先輩でもですか？　ううーっ」

頭を抱えて唸《うな》る内田の横で、丸川が眉間に皺《しわ》を寄せている。

「俺は司法試験に受かる必要はないから、ひたすら成績を上げる方向に力を入れようかな。そっちのほうが楽だ」

「う、裏切者～。お前も苦労しろ」

「嫌だね。俺は楽しめるところは楽しみたい」

「野間は？　野間は、司法試験、受けるだろう？」

「その予定はないけど。法律関係の仕事に就くつもりはないから」

「なんでだよー。お前ら法学部に入ったからには、司法試験合格を目指せ」

「不特定多数の人間を相手にする仕事って、ちょっと……。それに依頼者はみんな、何かしらのトラブルを抱えているわけだし。自分がトラブル解決に向いているとは思えないんだよね」

「あー…野間は細っこいし、綺麗な顔をしてるから、舐められやすそうだもんな。確かに向いてないかも」

「複雑……」

あっさり納得されるのも嬉しくないと、玲史は顔をしかめる。

そんなふうに四人で話をしているとあっという間に時間が過ぎていき、丸川が壁時計を見て慌てる。

「おっと、ヤバい。もう昼休みが終わるぞ。教科書を取って、講義室に行かないと」

「あ、本当だ。じゃあ、先輩、失礼します」

「ああ。がんばれよ〜」

「龍一さんは？」

「俺は、三限はないんだ。図書館に行って、本でも読んでる」

「それじゃ、あとで」

用事が入っていないかぎり、夕食は玲史のところで一緒に作ることになっている。だから玲史はそう言って龍一と別れた。


その日の講義が終わった後、玲史は家に帰ろうとしたのだが、内田と丸川に誘われて剣道部の練習を見学することになった。

敷地の端のほうにある部室棟へと向かい、そこで二人はロッカーから運動着や靴を取り出して更衣室へと向かった。

「剣道は、持ち物が多くて大変なんだよな〜。道着だけでも結構嵩張《かさば》るのに、竹刀と防具だろ。試合のときとか、マジで大変なんだ」

「道着を着るのは、試合のときだけ？」

「そういうわけじゃないけど、今は新入生が多いからさ。先輩が辞めさせるって言ってただろ？　本気でやるつもりもないのに道着を買わせるわけにはいかないし、当分は基礎トレだけだから運動着でいいって話だ」

「ああ、じゃあ、女の子たちが脱落したあとに本格的な練習をするのかな？」

「だろうな。まぁ、どのみち基礎トレは必要だけど」

「そうそう。脱落云々は関係なしに、トレーニングは普通にしなきゃいけないんだよ」

二人は運動着に着替え、体育館に行く。

そこにはすでに何人か部員が集まっていて、思い思いに待機していた。

お喋《しゃべ》りに花を咲かせる女の子たちや、ストレッチに精を出す部員。慣れた態度と浮かれた様子から、新入生ともともとの部員の違いがはっきりと分かる。

玲史は邪魔にならないよう端に寄り、その側で内田と丸川もストレッチを始めた。

「聞いてたとおり、女の子が多いな」

「華やかだなー。眼福、眼福♡」

練習の開始時間が近づいてくるにつれて体育館に部員たちが集まってきていたが、一年生の塊《かたまり》はそのほとんどが女の子だった。

「うわー…本当に女の子ばっかり」

しかもこれから運動するというのに、バシッと化粧をしている。

バサバサの付けマツゲはともかくとして、剣道部に入るのにその綺麗にマニキュアをした長い爪はどうなんだと思う。それで竹刀を握れるのかと聞きたくなってしまったほどだ。

そろそろ集合時間になるが、龍一はまだ姿を現していない。

今日は来ないのだろうかと、玲史は首を傾げた。

「あの人が来ちゃうと、女の子たちが騒いで収拾がつかなくなるかもしれないからな。去年の失敗を踏まえてらしいぞ」

「大変なんだね」

「まったくなー」

「あの女の子たち、全部龍一さん目当てっていうこと？」

「いや、いくらなんでも全部ではないはずだ。中には有段者もいるって話だし。それに初心者でも、本当に剣道をやってみたいっていう子はいると思うぞ」

「でも、まぁ、大半が佐木先輩目当てなのは確かだな」

「はー…龍一さんって、本当にモテるんだね。確かに、ちょっと見ないような美形だもんなぁ」

二人で出かけたときも、何度か女の子に声をかけられていた。それにただ立っているだけでも、周囲の視線の多さは大変なものがあった。

「試合のときとか、マジで格好いいぞ。こう…鬼気迫る迫力でさ。それでもって面を外したらあの顔が出てくるわけだから、そりゃあ黄色い声も飛ぶよな」

「男でも見とれちゃうほどのカッコよさだもんなー。ハーフの美形剣士なんて格好のネタだから、雑誌やテレビの取材依頼が結構来たらしいんだけど、全部断ったんだってよ。面倒くさいし、うざい女がこれ以上増えたらかなわんって言って」

「もったいないと思うんだけど、実際うざいのが多いのは事実だからなぁ」

「先輩、わざとド迫力オーラを出して女の子たちを近寄らせないようにしてるんだけど、図太いやつはそんなの気にしないいし。側で見てても大変だな…って同情したくなるときがある」

「うんうん。モテすぎるのも考えものだ。何事もほどほどが一番いいなーとは思うが、実際、先輩は大変そうだもんな」

「へぇ」

そういえば龍一が姉たちの部屋の留守番役を買って出たのは、女の子たちが勝手に家に押しかけてきて迷惑をかけたからだと言っていた。

あのマンションに入るのは暗証番号が必要だし、エントランスには管理人のようなフロントデスクが常駐していて不審な人物が出入りしないようにしている。

居住者には芸能人もいるとのことで、プライバシーには配慮しているが、記者などが入らないように配達人にもきちんと確認を取っていた。

「龍一さん、来ないね」

「ああ、女の子たちの化粧がドロドロになった頃に来るってさ。それまで、大学の外をランニングしてるって話だ」

「ホント、大変……」

玲史が思わず溜め息を漏らすと、「集合ー」という声がかかってワラワラと百人くらいが移動する。そして声を上げた人物のもとに、輪を描くようにして集まった。

一年から四年まで学年ごとに別れて、それぞれ点呼を取っていく。

それから主将だと名乗る人物が、新入生たちはまだ仮入部であること、一ヵ月後に正式入部になることを伝える。

最初のうちは基礎トレだから覚悟するようにとも言い、まずは靴を履き替え、校庭をひたすらランニングだ。主将に十周と言われ、新入生たちから悲鳴が上がった。

無理だとか、そんなに走れないと言っているが、上級生たちがモタモタするなと叱って外に追い出す。

走りだしたのはいいが、すぐに遅れだす彼女たちに、走れ走れと代わる代わる叱咤して足を止めさせないようにする。

当然彼女たちは十周も走ることはできなかったが、それでも止まっていいと言われたときには全身汗だくで立っていられない状態だった。

それから全員で体育館に戻ってきて飲み物を飲み、呼吸を整えてから腹筋や背筋などのトレーニングに入る。

「腕立て伏せを五十回、腹筋五十回、スクワット五十回だ」

「――っ!?」

主将の言葉に、先ほどより遥かに大きな悲鳴が上がる。

「ぜ、全部、五十回ずつ？」

何それと思ったのは玲史だけではないようで、ランニングだけでへたり込みそうになっている女の子たちは無理無理と抗議の嵐だ。

「ウソでしょう！」

「無理！　絶対、無理！」

「お前ら、剣道がやりたいから入部しようと思ったんじゃないのか？　基礎体力をつけなくてどうする。無理じゃなくて、やるんだよ。嫌なら辞めろ」

「ひどい！」

「腕立て伏せなんて、十回もやったことないのに！」

「運動部に入ろうっていう人間が、五十回くらいでガタガタぬかすな。やれ！　全員、床に伏せて腕立て準備!!」

主将の怒号に、彼女たちは切れるのと渋々従うグループに別れた。

「そんなのできるわけないでしょ！　私、辞める！」

「私も！」

自分の入ろうとしている剣道部が名前だけの遊びサークルではないと知った女の子たちが、怒って体育館を飛び出していった。

その数、五人。

本格的なトレーニングに入る前にそれだけの人数が脱落し、次の練習日に今残っている新入生がそのまま集まるとは思えない。

練習日のたびに、どんどん人が減っていくことになりそうだった。

実際、絶対に無理と叫んだのは誇張ではなく、文句を言いながら腕立て伏せを始めた女の子たちの中には、一回もできない子がいた。

先輩たちと経験者らしい一年生は、特に文句を言うでもなくマネージャーの数を数える声に従って腕立て伏せを繰り返している。

さすがに遅れがちになる部員もいるが、一生懸命ついていこうとする子と、さっさと諦めてやっているように見せかける子に分かれていた。

龍一目当てと思われる一年生たちは、そもそも運動をする気が感じられない髪形と服装だ。一応は運動着らしいが、やたらとゴテゴテしている。

最初のうちは腕を伸ばしていたが、体を支えられなくなってしまうと、服が汚れると文句を言いながら床に伏せ、汗で化粧が崩れて大変なことになっていた。

様子を見ていれば、誰が本気で誰が本気じゃないかすぐに分かる。

なんで佐木さんがいないのよとか、こんなことをしたくないと文句を言っている子たちを、龍一が排除したいと言うのも納得だった。

体育館を使用できる日は限られているのに、龍一目当ての女の子たちが群がっていては満足に練習できないのは明白である。

腕立て伏せが終わって腹筋に移ったが、練習風景を見ているだけというのも手持ち無沙汰なので、玲史はマネージャーたちの手伝いをする。

飲み物の用意をするにも部員数が多いから、大変そうだった。

「ありがとう。野間くんだっけ？　ボクは、奈良崎《ならさき》。内田たちの友達なんだよね？　サークルとかまだ決まってないなら、うちのマネージャーをやってくれないかなぁ？　マネージャー志望の子たちはたくさんいたんだけど、みんな佐木目当てでね。他の部員たちに平等に接してくれて、ちゃんと仕事もできるマネージャーが必要なんだ。何しろうちの部、三年のボクと四年の三好《みよし》先輩しかいないから」

「マネージャー……ですか」

高校の三年間、まったくといっていいほど高校生活を送れなかった玲史は、なんらかのサークルに入りたいと思っていた。

しかしサークル紹介でピンときたところはなかったし、趣味らしい趣味もないのでどうしようか迷っていたところだ。

「でもボク、剣道のこと、何も知らないんですけど」

「それは大丈夫。おいおい覚えていけばいいいし、分からないことはボクたちが教えるからさ。それにマネージャーの仕事で一番大切なのは、合宿での部員たちの世話なんだ。特に道着の洗濯がね…何しろ、量が量だから」

「はぁ……」

「マネージャーって言えば聞こえがいいけど、やることは地味でね。男目当てで爪を伸ばしてるような子は続かないいんだよ。野間くんは、家事は得意？」

「はい、わりと。でも、洗濯なんて洗濯機がしてくれるし、誰にでもできるんじゃ……」

「去年、洗剤を一箱入れようとした子がいてね。こう…箱をひっくり返して、ザーッと。見てたから止められたけど、危うく洗濯機を壊されるところだった……。その他にもマニキュアが剥がれたと文句を言われたり、付け爪が取れるから嫌だと拒否をされたり……。去年は佐木目当ての子も受け入れたから、本当に大変だった……」

「お、お気の毒様です……」

「そんなわけで、去年のマネージャー志望は全滅だったんだよ。今年こそ誰かになってもらわないと困るのに、まともな子は寄りついてくれないいし……派手なイケメンっていうのも、迷惑なものだなぁ」

重く深い溜め息に、玲史は同情心をそそられる。

どうせ入りたいサークルはなかったし、龍一だけでなく内田や丸川もいる剣道部は楽しそうだった。

「えぇっと…ボクでよければ、やってみます」

「本当に？　ありがとう！　じゃあ、早速入部届けを出してもらわないと」

善は急げとばかりに奈良崎は入部届けを持ってきて、すぐに書けとペンを渡す。

学部や名前などを書いていると、肩で息をした龍一が体育館の中に入ってきて手元を覗き込んだ。

「おっ、入部届けを書いてるのか」

「野間くんがね、マネージャーになってくれるって。いや～、本当に助かるよ。お前のせいで、真面目な子は近寄ってくれなくなっちゃったからな」

「俺が悪いんじゃないけど、すみません。でも、玲史ならちゃんとやってくれますよ。なんといっても、俺の家事の先生ですからね」

「あれ？　知り合い？」

「俺のお隣さんです。料理から掃除、洗濯まで教わってます。セーターって、洗濯機で洗うと縮むんですよ。知ってました？」

「普通に知ってる。でも、そうか…いい子を連れてきてもらったなー」

龍一が姿を現すと色めきたった女の子が腹筋をやめて近づこうとしたが、主将に一喝《いっかつ》されて涙目になる。

野太い声には迫力があり、体育館の中がビリビリと震える感じだから無理もない。

「まだ結構いますね」

「ランニングを終えて、腕立てなんかを五十回ずつって言った段階で五人辞めたよ。仮入部期間の一ヵ月で、やる気のない子たちが全員辞めてくれると嬉しいんだけど」

「毎回この調子でやれば、大丈夫じゃないですか？　去年もそれで一掃したし。ああ、あと、防具をつけさせるっていう手がありましたっけ」

「臭いからなー、あれ。毎回、ちゃんと手入れはしてるんだけどね」

個人のものはまだしも、部で所有している防具は年季が入っていて、多くの部員たちの汗を吸っているからなんともいえない臭さらしい。

隣で念入りなストレッチをしている龍一に、玲史は聞く。

「そういえば龍一さんは、全国でも優勝を狙えるレベルとか」

「狙えるって言っても、優勝は難しいな。一つ上にすごい人がいて、実力差がはっきりしてるから。よほど調子がいいときじゃないと、あの人は倒せない」

「そういうのって、練習でどうにかなるものなんですか？」

「そうだなぁ…もちろん練習も重要だが、その前に覚悟とか本気さが必要な気がする。俺も昔は剣道で食っていくかもしれないと思ったことがあるが、途中から弁護士志望になったからな」

「それは、どうして？」

「うーん…うちの母親のじいさん…俺にとっての曽祖父が剣道の師範でさ。俺は、その人に教わっていたわけだ。居合いもするすごいじいさんでなー。そのじいさんが死んで、俺は師事する人を失ったんだよ。あの人がもう五年長生きしてたら、俺の人生も違ってたかもな」

「それに対して、後悔はないんですか？」

「いや。自分で選んだ道だし。道場を継いだ人も尊敬できる剣士ではあったんだが、やはり曽祖父のようには見られないだろ。本気で剣の道を究《きわ》めたいなら俺なりに努力したはずだから、あそこでもういいと思ったんなら、それまでなんだよ」

「………」

そんなふうに何かに打ち込んだことのない玲史にとっては、想像するしかない心境である。

「もう道場には行っていないんですか？」

「いや、たまに稽古《けいこ》をつけてもらいに行ってる。本気ではあるが、でも、人生を賭けてるっていうわけじゃないから、あっちもそういう感じだな。一年上の彼はまさに人生を賭けて剣道に打ち込んでいて、その差は大きい」

「でも、調子が良ければ勝てる？」

「ああ。たまに…本当にたまにだが、周りの音が聞こえなくなるほど集中できるときがある。

相手しか見えずに、頭の中が空っぽになるんだ。そういうときは、誰にも負ける気がしないな」

「へぇ……」

テレビか何かでそんな話を聞いた覚えがあるが、本当にそんな状態になることがあるのかと玲史は感心する。

けれど、そのときの龍一の姿は美しいだろうと思う。

剣道の知識はほとんどないが、マネージャーになった以上はいつか見られるかもしれないと楽しみにした。

★★★

同じ部に入れば当然帰り時間も同じで、玲史は剣道部の活動がある週に二回、龍一と一緒に帰ることになった。

その他の日は直帰したり、たまに内田や丸川と遊んで帰ったりもする。

玲史の大学生活は極めて順調で、とても楽しいものだった。

龍一の家事レベルも着実に上がってきている。毎日のように玲史のところで夕食をともにし、手伝いもさせているため、最近では出汁《だし》の取り方もうまくなってきた。

他の女の子たちが断りまくられた剣道部のマネージャーに就いたことをずるいと言われ、龍一に目をかけてもらっていることで女の子たちのやっかみを多少は受けたが、学年の違う龍一と大学内で一緒にいる機会はそう多くないから大丈夫だった。

先輩マネージャーたちが、「佐木目当てのマネージャーはいらない。っていうか、男しか受け付けないから」ときっぱり言ってくれたことでなんとか不満が収まった状態だ。

それに奈良崎が言ったとおり、マネージャーの仕事は地味である。

基礎トレのためのカウントや声かけ、飲み物の準備。個人用はそれほどでもないそうだが、部所有の防具は汗臭さが染みついていて運ぶだけでも顔をしかめてしまう。

トレーニングについてブーブー文句を言いながら辞めずにいた女の子たちも、これを頭から被せられたときには悲鳴を上げて臭いと連発していた。

これが決定打となり、活動のたびにごっそりと一年生の姿が減っていく。本入部を決める一ヵ月後には、一年生で残っているのは二十三人だった。

けれど、そのぶん残ったのはちゃんと剣道をしてみたいと考えている子たちなので問題ない。最初は龍一目当てで、今も恋心を隠そうともしなかったりするが、龍一はまるで取り合わなかった。

部活動と関係のない発言には見事なスルー能力を発揮し、積極的に迫られても一部員としてしか扱わなかった。

――そんなふうに大学生活が落ち着いてきたとき、玲史への嫌がらせが始まった。

一番最初はロッカーに「バカ」と悪戯《いたずら》書きをされた。

すぐに連絡を受けた大学の職員が飛んできて消してくれたが、それから何度か同じことが繰り返された他に、すれ違いざまに「根暗」と言われた。

言ったのは男だったが、驚いて振り返ったときには早足で立ち去るところだったために後ろ姿しか見えず、追いかけることもしなかったので誰が言ったのかは分からなかった。

内田と丸川も心配し、「誰だよ」と怒ってくれる。

一番可能性が高いのは、玲史がマネージャーになったうえに、龍一と仲がいいことに怒っている女の子たちだ。

「……でも、今言ったの、男だったよな？」

「しかも、もう六月だぞ？　嫌がらせをするなら、もっと早くないとおかしくないか？　なんで二ヵ月も経ってからなんだよ」

「うーん？」

「野間、お前、佐木先輩のこと以外で恨まれるような心当たりある？」

「な、ないよっ。基本、大学と家の往復だけなんだから。龍一さんのこと以外は地味だし」

「地味…っていうと、微妙だけど。お前自体も、結構な美形だし。和風美人だから、女受けは悪いけどな」

「ああ…男が剥き卵みたいな肌でどうする、長い睫《まつげ》なんて必要ないんだから自分に寄越せって怒ってたな」

「わ、和風美人？」

何それと、玲史は顔をしかめる。

「今どきちょっと珍しいような、ツヤピカの真っ黒な髪だろ。全然傷んでないよな。それに、印象的な真っ黒な目。なんか普通より黒目が大きくて、ウルウルしてるし」

「性格もいいし、女ならホント好みなんだけどなー。なんでお前、男なんだよ」

「なんでって言われても困る……」

「そりゃ、そうだ。しかし、どうしたもんか…佐木先輩は大学の有名人だから、一緒にいると目をつけられがちなんだよな。二十人だか三十人だかのマネージャー希望の子たちを断っただけに、野間に八つ当たりが向かうのは理解できるんだが…でも、やっぱりなんで二ヵ月も経ってからなんだ？」

そこが、彼らにとって不可解な点だ。

もっと早く…玲史がマネージャーになりたての頃なら理解できる。状況が状況なだけに、嫌がらせしたくなる女の子たちの気持ちも分かるからだ。

しかし二ヵ月も経ってすっかり新入生たちも落ち着きが出てきた今となると、なぜだという思いが強かった。

「最近、何かあったっけか？」

「いや、特に何も」

「だよなー。謎だ」

「佐木先輩がまた、どっかの女に告白されて、振ったんじゃないか？　で、その矛先が可愛がられてる野間に向かったとか」

「ああ、ありそう。女ってそういう、わけの分からない恨み方をするよな。野間、毎日、先輩が料理を習いに来るんだろう？　そのとき、聞いてみろよ」

「分かった」

そんなことを話しながら学食に行って、それぞれ食券を購入する。

玲史が野菜たっぷりのヘルシーランチを受け取ると、ラーメンとカレーのセットを選んだ二人がもっと食えと言った。

「いや、ボク、二人みたいに運動してるわけじゃないし。……でも、今日は練習がないんだから、そのセットはカロリーオーバーな気がする。炭水化物ばっかりだよ」

「旨いんだもんよー」

「これくらいなら、許容範囲内だろ。その代わり、デザート代わりのクリームパンはやめておくか」

「じゃあ俺は、メロンパンをやめてアンパンにする」

メロンパンのカロリーはすごいからな～と丸川が笑うと、ざわめく学食で剣道部の先輩たちが手を振ってきた。

「お前ら、こっち、こっち」

「あ、先輩たちだ。こんちはっす」

「お邪魔しまーす」

龍一を含めた先輩たちは三人。彼らはすでに昼食を食べ終え、コーヒーを飲んでいた。

玲史たちは空いている席に座らせてもらって、いただきますと箸《はし》を取る。

「あー…ラーメン、旨い」

「ラーメンとカレーは、日本人の国民食だよなー。あ、そういや、佐木先輩、なんかね、最近野間が嫌がらせされているんですよ。今のところ大したことはないんですけど、マネージャーになるのを断わられた女子が佐木先輩に可愛がられている野間に八ツ当たりしてるんじゃないかって思うんですよ。でも、なんで二ヵ月も経ってから…とそれが不思議で」

「そうそう、十中八九、佐木先輩関係だと思うんですけど…先輩、最近、手ひどく振った女とかいないですか?」

その言葉に、龍一は驚きの声を上げる。

「はー? いない、いない。一年の告白ラッシュも一段落して、落ち着いたもんだぞ。この二ヵ月の間というもの、『俺は司法試験の準備で忙しいから、誰とも付き合う気はない、邪魔するな』と言い続けてるしな。おかげでずいぶんおとなしくなってきた」

「いやいや、それだと、応援しますとか言って弁当を作ったり、部屋に押しかけて来るのが湧いて出そうですけど。先輩が家を出たのって、わりと知られてますからねー」

「マンションの入り口は暗証番号を打ち込まないと開かないし、誰かの後ろについて入ったとしても、住人と会話でもしてないかぎりフロントデスクに止められる。お連れ様ですか…ってな。そのあたりのチェックは厳しいんだよ」

「え? じゃあ、こっそり誰かを連れ込みたいときはどうするんですか?」

「車だな。地下から直接上がれるようになってる。カメラはあるが、俯いていれば顔は映らないし。入り口も、カメラの位置を把握してうまく体で隠せば連れが判別できないように通るのは可能だ。うち、芸能人が住んでいるらしいから、警備とプライバシーの兼ね合いが難しいみたいでな」

「芸能人って、誰が住んでるんですか？」

「会ったことないから、知らん。玲史は何か知ってるか？」

「ええっと…お笑いの誰かを見たことがあるとか、姉に聞いた覚えが……。誰だったかな？二人組で、カタカナのコンビ名で……」

「それ、ものすごい数、存在するから」

「お笑い、あんまり詳しくないいんだよ。見るテレビ番組ってだいたい決まってるから、そこに出ない人は全然分からなくて」

「それは分かるけどさ。野間の箱入り息子感って半端ないな」

「そ、そう？」

「ああ。なんか、浮世離れしてる」

「………」

友人づきあいに関しては三年のブランクがあるから、そのせいかもしれないと玲史は複雑な顔をする。

「玲史の箱入り息子感はともかくとして、嫌がらせっていうのはなんなんだ。いつから始まった？」

「うーん…本当に、なんでですかねぇ。野間がマネージャーになってすぐにも少し嫌味とか文句とかはありましたけど、それほどひどくなかったし……。ロッカーに悪戯書きなんてありませんでしたよ。どうして急に始まったのか意味が分かりません」

「どんな嫌がらせなんだ?」

「ロッカーにバカとか死ねとか書かれたり、さっきはすれ違いざまに根暗って言いやがりました。早足で逃げたから誰が言ったか分からないんですけど、男だったんですよ」

「男? 女じゃなくて?」

「だからどうにも納得できなくて。これといった切っかけも思いつかないし、男っていうのがなぁ。ホント、なんなんですかね」

「玲史は? 何か、理由を思いつかないか? 男に言い寄られて振ったとか」

「は? いえ、そういうことはありません。誰かと衝突した覚えもないし、ごく普通の大学生活ですよ。マネージャーになったことで文句を言われたのも、最初のうちだけだし」

「うーん…それじゃ、なんでなんだろうな」

「全然、分かりません」

同じ講義を取っている法学部の学生たちとは、普通に仲良くしている。特に避けられることなく挨拶や会話もするし、休講で時間が空いたときには誘い合ってカフェテリアで一緒にレポートをやったりもした。

本当に、ごくごく平凡な学生生活を送っていたのである。

けれど嫌がらせ自体はとても不快ではあるが、さほど実害はない。だから全員、「誰が」よりも「なぜ今？」のほうに首を捻っていた。

嫌がらせは思い出したように繰り返され、玲史の中に少しずつ鬱屈《うっくつ》が溜まっていく。しかし悪戯書きやすれ違いざまの悪口では相手が誰かも分からず、手をこまねいているしかない状態だった。

★
★
★

玲史たち法学部の学生は、三年生や四年生になれば司法試験にチャレンジする可能性がある。それに加えて就職活動もあり、なるべく一、二年生のうちにより多くの単位を取っておきたいと考えていた。

だからみんな、一限目からめいっぱい講義を入れている。

最寄り駅から大学に向かっていた玲史は、後ろから丸川に声をかけられる。

「野間！　おはよーさん」

タッタタッタッと軽快に走って隣に来て、レポートは終わったかと聞いてくる。

「終わらせたよ。さっさと提出しちゃわないといつまでもいじくり回しそうだから、今日、もう出すつもり」

「早いなー。俺、まだ半分だよ。つい、録り溜めたドラマを一気見しちゃってさ。眠い……」

「何時くらいに寝たわけ？」

「んー…気がついたら夜中の二時で、やばいと思って慌ててベッドに入った。居眠りしないように気をつけないとなー」

「丸川は、もう篠田《しのだ》教授の講義、減点二つ溜まってなかったっけ？」

「そうそう。だから、やばいんだよ。篠田教授の声って、無性に眠気を誘うんだよなぁ」

「午後の講義だからっていうのも、あると思うけど。丸川はお昼ご飯を食べすぎるから、眠くなるんだよ」

「だって、講義途中で腹減ると困るだろ」

「居眠りで減点されるよりいいと思うけど。お菓子とかパンを、常備しておけば？」

「講義中に食ったら、やっぱり減点じゃないか？」

「いや、もちろん休み時間に食べるに決まってるよ。なんで講義中？」

「ああ、そりゃそうか」

食い意地が張りすぎだと笑いながらロッカーに行くと、ロッカーで内田が険しい表情を浮かべて立っている。

玲史は首を傾げながら挨拶をする。

「おはよう」

「おはよー。なんかあったか？」

「あった。見ろよ、これ」

そう言って内田が指さしたのは、玲史のロッカーである。

「――おっと。嫌がらせが、シャレにならない感じになってきたぞ」

鍵が壊され、扉が開けられている。教科書やノートを入れてあったのだが、中は何も入っていない空っぽの状態だった。

玲史は顔をしかめ、大きな溜め息を漏らす。

「どうしよう…教科書、買い直し？　すごい高かったんだけど」

専門書や、教授たちの著書が教科書だから、一冊一冊の値段がとても高い。二千、三千円は当たり前で、中には一万円以上する本もあるのだ。

それがすべてなくなっていたから、被害額はかなりのものになる。

「ノートもなくなってるから、出てこないとまずい気がする。試験、どうしよう」

「ノートなんて俺たちがコピーを取ってやればいいけど、一つ、ノート提出が義務の教授がいたよな？　あれはさすがにまずいだろ」

「とりあえず、事務局に電話だ。そのあたりの相談にも乗ってもらおう」

ロッカーに何度か悪戯書きをされたことで、三人とも事務局の電話番号を知っている。

内田がポケットからスマホを取り出して、ロッカーがこじ開けられて中のものが盗まれていると連絡した。

すぐに事務員が駆けつけてきて、「ああ、鍵を壊されてるなぁ」と呑気《のんき》なことを言う。

「中のものを盗まれました。教科書とノートしか入れていませんでしたけど」

「現金とか、金目のものは盗られていないんだね？」

「はい」

「それは、よかった。不幸中の幸いだな。キミのロッカーは空いているところに変更するから、今後はそっちを使ってもらう」

「はい」

「今、空いているのはどこだったかな…あとで調べて、連絡を入れるよ」

「分かりました」

「それじゃ、ボクはこれで。修理の手配をしないと」

「は？　いや、ちょっと待ってくださいよ。それで終わりにするつもりですか？　犯人探しは？」

内田が苛立った様子でそう言うと、事務員は困惑の表情を浮かべる。

「犯人探しと言われても…警察じゃないんだから、無理だよ」

「だったら、警察に通報すればいいじゃないですか。これって立派な器物破損と窃盗ですよね？」

「そうですよ。何もしないなんて、おかしいでしょう」

ロッカーの鍵を壊しているし、教科書の類だけでも被害額が六、七万円になる窃盗事件だ。

内田と丸川は警察に通報して指紋を取ってもらおうと提案したが、大学側は大げさにしたくないと宥《なだ》めようとする。

「そうはいっても、このせいで野間は教科書を買い直しですよ？　俺たち学生にとっては、かなりの高額です。ノートもなくなっているから授業や試験に差し障りが出ますし。それなのに被害者が泣き寝入りしろなんて、おかしな話じゃないですか」

「教科書は、新しいものをこちらが用意するよ。ノートは…教授陣にはこのことを報告して、特別な配慮をお願いする。私たちのほうでも調べてみるから」

「悪戯書きのときからそうおっしゃっていますよね。野間が狙われているのは確かなんだから、監視カメラの一つでもつけてくれればいいのに」

「申請はしてて、もうそろそろ許可が下りる頃だと思う。予算は限られているし、途中から割り込むのは大変なんだよ。もうすぐだから」

警察沙汰は勘弁してほしいと拝むように頼まれて、三人は渋々ながら了承する。

何しろロッカー自体は大学のものだし、玲史の盗まれたものも大学が提供してくれるという。警察をキャンパス内に入れたくないという大学側の気持ちも分かるので、監視カメラを一刻も早く取りつけてもらうということで話は決まった。

しかしこのロッカーの事件を機に、思い出したように行われるすれ違いざまの悪口が、「淫乱」や「セフレ」などの性的なものになってきていて、玲史に戸惑いを与えた。

すぐに人混みに紛れてしまうし、相手の狙いがなんなのか分からなさすぎて、嫌がらせの原因を考えようにもとっかかりがまったくない。

内田と丸川が情報を集めてきてくれたところ、インターネット上にある大学の裏掲示板に玲史のことが書き込まれているとのことだった。

それがどこにあるか二人とも絶対に教えてくれないが、どうも玲史は龍一のセフレということになっているらしい。

もちろん面白おかしく噂話を書き込む場所だから、信じている人間は少ない。

けれど龍一と一緒にいることが多いために必然的に目立ってしまっている玲史の話題は、かなりの頻度で出てくるそうだ。

二人は言わないが、その内容がひどいものなのは推測できる。そして、なぜ最近、自分を見る周囲の目がおかしいのか理解できた気がする。

悪意がジリジリと忍び寄り、自分の周りを包囲してくるような閉塞感《へいそくかん》に、玲史は重い溜め息を漏らした。

玲史の毎日は、ゆっくりと過ぎていく。

ようやくロッカーのところに監視カメラが取りつけられ、悪戯書きをされなくなったことで懸念が一つ減った。

知らない人間から嫌な目つきで見られたり、遠くからヒソヒソ話をされるのは心がすり減るものの、玲史にはどうしようもないことである。

内田と丸川、それに剣道部の部員や同じ法学部の学友が、バカバカしい噂を否定してくれているらしい。

積極的に同じ学部の学生たちを味方にするつもりで、「佐木先輩と仲がいいことで嫉妬されたらしい」「佐木先輩と玲史はお隣さん」「初めて一人暮らしをする佐木先輩に協力してあげている」と言ったことを告げ、玲史によくしておくと龍一の覚えがいいと言外に含ませる。

それに加えて玲史が両親と一緒に住んでいるし、龍一は姉夫婦の留守番役で、女の子を連れ込んだら即退去を条件にされているということも伝えるのが如才《じょさい》ない。

押しかけても迷惑なだけだし、怒らせるだけだと暗に伝えているのだ。

内田と丸川はまるで打ち合わせでもしてあるかのようにそれらのことを言い、彼らをいろいろな言い方で玲史を保護する方向に動かした。

★★★

法を学ぶことを志した同志といった連帯感まで持たせての、見事な手並みだった。

おかげで玲史は彼らに心配され、協力するからね…と言ってもらえた。

ただ、ピリピリするような悪意が完全になくなったわけではない。

これまでの嫌がらせを誰がなんのためにやっているのか、まだその真相は明らかになっていないため、安心はできない。

一見穏やかな日常に戻ったように見える中、微妙な緊張感を漂わせながら毎日を過ごしていた。

その日は龍一も一限から講義のある日だから、玲史のところで朝食を食べて一緒に出かけることにした。

龍一のリクエストでトマトやピーマン、チーズを入れたオムレツを作る。プレーンはともかく、具材を入れたオムレツはまだ思ったように焼けないという龍一は、玲史の手元をジーッと見つめていた。

「玲史が作るのを見てると、すごく簡単そうなんだけどなー」

「ポイントは、強火です。固まらないように気をつけながら掻き混ぜて、一気に焼き上げる」

「頭では分かってるんだが、掻き混ぜるタイミングとか場所とか…微妙な差でうまくいかなかったりするんだよな。特に最後にチーズを入れると固くなりすぎたり……」

「材料を入れるばかりに準備しておくことも大事です」

「やっても、難しいんだ」

「そのあたりはやっぱり、回数をこなさないと。龍一さんは研究熱心だし、すぐに上手にできるようになりますよ」

「がんばる。料理って、結構楽しいもんなー。いい気分転換にもなるし」

実際、龍一の手際はずいぶんよくなっている。

玲史ができあがったオムレツを皿に移すと、さっさとテーブルに並べてコーヒーやスープをカップに注いで運んだ。

「トースト、なんで食う？」

「んー…今日は、ピーナッツバターでお願いします。甘いのが食べたい気分」

「了解」

ちなみに玲史の両親は、昨日揃って遅番だったために寝室で爆睡中である。多少の物音では起きないくらい疲れ果てていた。

玲史たちもそれを知っているから、特に声をひそめることもなく普通に話している。

準備ができたところでそれぞれの椅子に座り、食べ始める。

「おお〜、トロトロ。チーズがいい感じに溶けてる。旨っ」

玲史は卵二つ、龍一のは三つだ。

見事な健啖家ぶりを発揮して、実に美味しそうにパクパクと食べていく。それから厚切りのトーストを二枚食べ、スープもお代わりしてご馳走《ちそう》さまとなる。

「旨かった。オムレツは奥が深いな～」

「……………」

作り慣れている玲史にとっては平凡な料理のうちの一つで、そう難しく感じられない。

確かに中が生すぎたり固くなってしまうと美味しくないが、そのあたりはもう体に染み込んでいるので失敗するほうが少なかった。

炒めて、煮込んで、裏漉《うらご》しまでしなければいけない赤ワイン煮なんかと比べれば、簡単に手早く作れる日常的な料理である。龍一が言うような奥深さを感じたことはなかった。

むしろ、妙なこだわりを持って何時間もかかる赤ワイン煮を上手に作る龍一のほうがすごいのではないかと思う。

二人で協力して食器を片づけ、大学に行く準備をして、一緒にマンションを出る。

「今日、四限までだろ？　俺もだから、買い物をして帰らないか？　荷物持ち、するぞ」

「ああ、嬉しいです。醤油と油がそろそろなくなりそうなんですよね」

「煮物を作ると、一気に醤油と砂糖が減るよな。それに、揚げ物は思ったより油を使うし」

「うちは、揚げ物の油はそのまま炒め物に使うから、まだ消費は少ないほうだと思いますけど」

「あれ、エコでいいと思う。面倒な油の処理もしなくていいし、余分な金もかからないからな」

「ですよねー」

毎日のように玲史のところで夕食を摂り、料理作りにも参加している龍一は、冷蔵庫の中身やストックも把握している。だからこそ、そろそろ補充すべきと分かって申し出てくれたのだ。

「今日の特売に刺し身用のアジがあったから、それが食いたい。俺が捌《さば》くから」

どうやらネットでスーパーの特売品もチェックしているらしい。それに魚の捌き方を教えたら楽しかったらしく、手頃なアジで練習中という感じだ。アジなら失敗してもタタキにしてしまえばいいし、練習にはちょうどいい。

一限から講義があるときは、電車も混んでいる。ラッシュアワーからは微妙にズレているのと、混んでいるのとは反対方向なので押し合いへし合いという感じではないが、すし詰め状態なのは確かだ。

三年間、混んでいる電車に乗っていない玲史にとっては忍耐の時間である。

だから龍一が一緒に乗ってくれると、さり気なく周りから隔離してくれたりするのでありがたかった。

大学のある駅で降りて、人混みから解放されると安堵《あんど》の吐息が漏れる。

「今日も混んでた……」

「もう三十分早かったら、もっと大変だぞ。そう考えると、フレックスタイム制の会社っていいよな」

「満員電車に乗らなくてすむだけで、ストレスが減りそうですよね。テレビで駅員さんが乗客を押す映像を見たことがありますけど、毎朝あれってしんどそう……」

「いや、あれはさすがにそうそうないんじゃないか？　俺自身は、あんな激混みの電車になんて、乗ったことないしなー」

「ボクもです」

　地上に出て大学までの道を歩き、門をくぐってすぐにいつもと違う雰囲気を感じる。

「──なんだ？　構内がざわめいてるな」

「なんとなく、変な雰囲気ですね」

　それに、やたらとジロジロ見られている気がする。

　目立つ容姿の龍一といると注目されるのはいつものことなのだが、それとはまた違う視線だ。

　なんなんだろうと思いながら歩いていると、内田がすごい形相で駆け寄ってきた。

「お前、メール見てないのか!?」

「え？　あー…うん。混んでる電車に乗るから、すられないようにと思ってスマホは鞄に突っ込んであるんだ。気がつかなかったかも」

　玲史は内田の勢いに押されてごめんと謝り、龍一が内田に聞く。

「何かあったのか？」

「あ、おはようございます。……トラブル発生です。事務室に行かないと」

「トラブル？」

「これが構内の掲示板に貼られていました」

内田は、手に持っていた紙を龍一に渡す。そして玲史を促し、大学の事務室へと向かった。

速足で歩く内田に促されながらも、玲史はすぐ後ろで紙を開いて見ている龍一に聞く。

「何があったわけ？　龍一さん、その紙、何が書いてあるんですか？」

「……いや、玲史は見ないほうがいい。確かにこれは、大学側に相談しないとな」

「見せてください」

「事務室でだ」

そう言って龍一は、紙を畳んでしまう。

断固とした表情に玲史は諦め、事務室へと向かう足取りを速めた。

本館にある事務室で、訪れてきた玲史を見た事務長の顔には、またかという表情が浮かんでいる。そしてそのことが、龍一と内田を怒らせた。

「被害者に向かってその顔って、どうなんですかね？　野間が再三にわたって嫌がらせを受けているのに、ろくな対応をしなかったせいじゃないんですか⁉」

「ロッカーの天井にようやくカメラを取りつけたと思ったら、露骨にロッカーが映っていると分かるようにだったとか。ロッカー限定では抑止になるけど、他の方法に変わるだけとは考えなかったんですか？　いまどき隠しカメラなんていくらでもあるのに、犯人を捕まえたくなかったとか？　おかげで、こういう手に出てきましたよ」

そう言って龍一がデスクの上に置いたのは、先ほどの紙だ。事務長のほうに向けたそれには、男同士でセックスしている写真だった。

ベッドに俯せになり、尻を高く持ち上げた姿勢で男のものを受け入れている。

その受け身側の男の顔が、玲史だったのである。

「えっ！　何、これ⁉」

当然のことながら身に覚えのない玲史は激しく驚き、動揺もした。

こんなことをしていないのだから偽物に決まっているのだが、自分の顔が使われているというだけでショックが大きい。

「………」

硬直する玲史に代わって、龍一と内田がいろいろ言ってくれる。

「かなり粗悪なアイコラですよ。ネットか何かで拾ってきた画像に、玲史の顔を合成したんでしょう」

「顔と体のバランスがおかしいし、角度も不自然です。それに、表情がまったく合っていません。この写真自体、盗撮じゃないですかね？」

「その可能性は高いな。玲史、この写真に見覚えはあるか？」

「え？　あ……ええっと、顔だけでは分かりにくいですけど……。でも、最近ですよね？　入学式のときに写真は撮りましたけど、こんなのはなかったと思います。……心当たりはありません」

「やっぱり隠し撮りか。だから視線がレンズのほうを向いていないんだろうな。しかし、いつ撮られたんだ？」

「分かりません。服や背景が映っていれば、分かったかもしれませんけど……」

「顔だけじゃな。しかし…大学側が犯罪を野放しにするから、調子に乗ってるみたいだ」

その言葉に、事務長の顔色が変わる。

「の、野放しとは、人聞きの悪い……」

「実際、野放しでしょうが。ロッカーへの悪戯書きは軽犯罪だし、鍵を壊しての窃盗は懲役もつく立派な犯罪です。持ち主である大学が穏便にとうるさいから被害届けは出しませんでしたけど。その結果、これですよ。肖像権の侵害と、名誉棄損かな？　これもまた、間違いなく犯罪です」

「警察に被害届けを出すけど、問題はありませんよね？　あっても、大学側に口を出す権利はありませんが。ついでにロッカーのことも相談実績に加えておけば、犯人が見つかったときにストーカーとして接近禁止にもできるかな？」

大学の意向で前回は被害届けを出すのを見合わせたものの、それを不満に思っていた内田が強く主張する。

「教科書の被害届けも出したほうがいい。ロッカーは大学のでも、中身は玲史のものだからな。

お前たち、ちゃんと記録は撮ってあるんだろう？」

「はい！　それは、バッチリです。俺たち、法学部の学生ですもん。証拠が大切なのは理解してますから、いろいろな角度で撮っておきました」

当の本人である玲史はショックを受けていてそれどころではなかったのだが、内田と丸川は証拠写真だと言ってスマホでバシバシ撮りまくっていた。

被害者が友人だからという理由の他に、法律を扱う学生として実際の犯罪現場に興奮したというのもある。

少額訴訟が簡単になった今、将来的にこうしたことに対応する可能性は充分にある。特にストーカー事件は数を増しているから、その対応も重要だった。

まだ学生とはいえ、法学部を選んだ以上はそういった意識も高い。学生の悪ふざけの範疇《はんちゅう》を超えた陰湿なものを感じるだけに、大学側の逃げ腰な態度に苛立ってもいた。

龍一と内田が事務長に抗議してくれている間、玲史はろくに言葉を発せられない。

「……………」

自分の顔が不自然に嵌まっている醜悪な写真を見たくないのに、目が離せない。

この写真は、玲史の心に大きな打撃を与えた。

高校のとき、尾形に襲われたことを思い出したのである。

それでなくても裏掲示板のことを聞いてトラウマが疼《うず》いていたのに、ダメ押しにこの写真だ。

尾形に腕を掴まれ、押し倒されたときの嫌な記憶が蘇ってしまった。

全身に鳥肌が立った玲史は、ブルリと身を震わせる。

「大丈夫か？」

龍一に心配そうに聞かれ、蒼白な顔でコクリと頷く。

声を出すと、震えそうで怖かった。

「どう見ても大丈夫じゃないな。家まで送るから、今日はもう帰ったほうがいい。内田、あとを頼めるか？」

「はい。このあとの講義も、ノートを取っておきます」

「よろしく」

玲史は龍一に促され、事務室を出る。そしてすでに一限目が始まり、静かになっている構内を歩いた。

「……貧血気味か？　具合が悪そうだ」

「あ……」

大丈夫と言う間もなく龍一は玲史を抱き上げて、大股で歩き始める。いわゆる、お姫様抱っこというやつである。

突然のことに、玲史は固まった。

しかしすぐに我に返り、「降ろしてください」と訴える。

「そんな顔色で、何を言ってるんだ。無理はしないほうがいい。お前なんて軽いもんだ。……っていうか、本当に軽いな。もっと食って、肉をつけろ。いや、その前に筋肉か……。膝に不安があるっていうなら、水泳なんかいいかもな。浮力があるし、歩くだけでもいい運動になるぞ」

「い、いや、そんなことより、降ろしてください」

講義が始まっているから人の少ない時間帯ではあるが、まったくいないわけではない。大学の有名人である龍一に横抱きにされる姿は、あまりにも目立つものだった。

「うぁ……」

周りの人間の視線が怖い。

玲史は足をバタバタと振ってみたが、「おいおい、落ちるぞ」と言われればおとなしくするしかない。

「ううっ……」

せめて顔を見られまいと、玲史は龍一の胸にギュウギュウと顔を押しつけた。

「それで息ができるのか？」

「うーっ」

玲史は恨めしく思いながら唸ったが、少し気が紛《まぎ》れたのは確かだ。いつの間にか震えは止まり、血の気が引いて寒かった感覚もなくなっていた。

「なんだか…もう歩けそうです。本当に、降ろしてください」

「ダメだ。大通りまで大した距離じゃないから、このまま抱かれてろ。タクシーを降りたら、自分で歩いていいから」

「……」

どうやら降ろしてくれる気はなさそうだと分かり、玲史はおとなしくする。

通行量の多い大通りまで来たところで龍一は玲史を地面に降ろし、タクシーを停める。そして行き先を告げると、玲史に気分は悪くないかと聞いた。

「平気です。震えも治まったし……」

「そうみたいだな。よかった。少し血の気も戻ってるし…さっきは本当に紙みたいに真っ白だったんだぞ」

「ちょっと貧血っぽくなっていたので……」

全身の血が下に落ちるような感覚は、ずいぶん久しぶりだった。

思い出したように行われる嫌がらせが性的なものへと移行して以来、ずっと鬱屈としたものを抱えていたせいもあるかもしれない。

身の危険を感じるほどのレベルではないものの、浅い緊張感を長い期間抱き続けていたのである。精神にも肉体にも負担をかけ、そろそろきつくなってきたときに醜悪な写真を大学内に張りだされ、限界を超えたという感じだった。

ほどなくしてタクシーはマンションの前へと停まり、玲史は龍一の手を借りて降りる。

受付の青年に一目で心配されたのは、まだ顔色が戻っていない証拠だった。

大丈夫だからと笑みを見せ、けれど龍一の手に支えられたまま自分の家に戻り、リビングのソファーに座り込むと一気に緊張が解ける。

ここは怖いものが一切ない、安全な自分のテリトリーだ。

全身から力が抜けると同時に必死でこらえていたものがドッと噴き出し、改めて写真への嫌悪感、尾形に襲われたときの恐怖が思い出され、玲史はうまく呼吸ができなくなる。

空気がちゃんと取り込めない気がして、ハッハッと忙しなく息を吸い込んだ。

「待て待て、そんなに慌てて呼吸するな。過呼吸になるぞ。もっとゆっくり、ほら、吸って〜吐いて〜」

「………」

龍一に抱き寄せられ、背中をポンポンと優しく叩かれて、「吸って、吐いて」を繰り返される。

龍一の言葉に従って吸ったり吐いたりをしていると、少しずつ気分が落ち着いて苦しかった呼吸も楽になっていく。

「よしよし、落ち着いてきたな」

「はい…すみません……」

龍一に凭《もた》れかかった玲史は、ふうっと小さく吐息を漏らした。

「あんなことがあったんだから、仕方ない。ショックを受けてないほうがおかしいからな。……あれ、誰がやったか心当たりはあるのか?」

「いえ…まったく……」

そう言ったあとで少し考えてみるが、もともとの付き合いを断ち切ってしまった玲史に知り合いは少ない。

「まだ大学に入ってから二月ちょっとしか経っていないし…ボクの交友関係なんてたかが知れていますから。同じ講義に出ている中でもちゃんと話す相手なんて数えるほどだし、高校までの知り合いはほとんどいないし……」

中学までは仲が良かった友達も、高校が違えば滅多に会うことはなくなる。それに加えて玲史が高校にも行かなくなってしまったので、引け目を感じたり、気を使われるのが申し訳なかったりですっかり疎遠になってしまった。

「……内田たちから嫌がらせのタチが悪くなってきたとは聞いていたが、まさかこんなことをするとはな。一目でアイコラと分かるレベルだから本物だと思うやつはいないだろうが、噂にはなりそうだ」

「噂に……」

玲史はその言葉にサーッと顔色を悪くする。

ようやく少し血の気が戻ったところだったのに、再び蒼白になってしまった。

「ああ、そう気に病むな。おかしな噂は、潰しにかかるから。うちの部の女たちは、頼りになるぞー。ギャルみたいな新入生も、残ったやつらは話してみるとサッパリしてていいやつばかりだし。……うるさいけど」

「ああ……」

最後の一言に、玲史はクスクスと笑う。

龍一目当てが多かった女子の新入生で、残ったのはたったの六人。そのうち三人はメイクも髪形も派手な今どきの女の子で、文句も人一倍多かった。

しんどい、無理、疲れた…防具に関しても臭いと盛大に騒いだが、辞めるとは言わずに毎回きちんと練習に参加している。

玲史を捕まえて美容法はなんだと聞かれるのには困惑するが、飲み物を渡せば礼を言ってくれるいい子たちばかりである。

「……確かに彼女たちは頼りになるかも」

キャンキャン文句を言えるだけあって気が強いし、他のサークルにも入っているから顔も広いらしい。

少し気が楽になったところで、玲史は大きく息を吐き出して言う。

「今回の、写真は…ボクにはすごくきつくて……。写真そのものもですけど、それによって嫌な記憶が……。実は…高校のとき、不登校になったのは——その、襲われたからというのがあって……」

「襲われた？」

「はい」

玲史はコクリと頷き、震える声で言う。

「尾形、という元クラスメイトです。バレー部の期待のエースで、クラスでも人気者で…でも、どうしてか登校してすぐに絡まれるようになりました」

「入学早々、事故に遭ったんだよな？　ブランクがあって馴染めなかったとは聞いていたが、苛めを受けていたのか？」

「苛めつつ、絡みつつ…というか……。クラスの中心人物に目をつけられると、手も足も出せない感じで。ボクがようやく登校できるようになったときには、もうクラスの人間関係はできあがっていましたから」

「ああ…ぼっちになりたくなくて、必死になるよな。よりによってそのタイミングで事故に遭うとは、運のない……」

「そうなんです。本当に、最悪のタイミングでした。……尾形も最初は転校生みたいな状態のボクに親切にしてくれているんだと思ったんですけど…気がついたら本当に孤立していました。それに、なんだかおかしな絡み方をするようになって……」

「おかしな絡み方？」

「男子校だから多少はそういう風潮があってもおかしくないのかもしれませんけど…男女ならセクハラと呼ばれるような……。体に触ったり、ふざけてキスしようとしたり…気持ち悪かったです」

「……それで、最後には襲われたのか？　性的な意味で？」

「………」

それにはさすがに答えられず、玲史は無言でコクリと頷く。

「それまでのこともあって、いろいろ煮詰まっていて…そのことが決定打で不登校になりました。その…めちゃくちゃに暴れて逃げ出したおかげで被害というほどのことはなかったんですけど…とにかく気持ち悪いし、怖いしで……。あの状態でボクが何を言ったって、周りが尾形を信じるのは分かっていましたから」

「そうだな、いい判断だと思う。分かってもらうための努力は必要だが、本当に無理なときは逃げるほうが得策だ。玲史は生活が荒れることもなく、こうして大学に進学もしているんだからな」

その言葉に、玲史は少し口元を緩める。

せっかく入った高校を不登校でろくに通えなかったのは玲史の中で大きなコンプレックスになっているから、当時の判断を褒められて嬉しかった。

三年ぶりに学生生活が始まって、龍一とのかかわりで剣道部のマネージャーになって…忙しいけれど楽しい毎日だ。

それなのに途中から嫌がらせが始まって、少しずつエスカレートしてきている。今回のこれは特に性的な要素が前面に出ていただけに、尾形に襲われたときの嫌な記憶を思い出させた。

玲史にとっては、ちょっとしたトラウマである。

年上の男に声をかけられることが多かったからその手の趣味がある人間がいるのは知っていたが、まさか高校で、しかもクラスメイトに襲われるとは思いもしなかった。

大学でもあんな目に遭うかもしれないと考えると、玲史の体は震えた。

「……怖い」

一人ぼっちだった高校のときとは状況が違うし、もう逃げたくないという気持ちは強い。けれどそれとは別に、当時の恐怖心が蘇ってきて無性に怖かった。

「大丈夫。玲史は大丈夫だ。あんな嫌がらせに負けるんじゃない。このマンションはセキュリティーがしっかりしているし、大学では内田や丸川が一緒にいてくれる。行き帰りは俺が一緒にいるさ。嫌がらせの犯人が見つかるまで、身の回りに警戒すればいい」

「……………」

仕事で忙しい両親は、玲史が楽しそうに大学に行くことにホッとしている。これ以上心配をかけたくなかったし、すべて話して相談してきた姉は嫁いで近くにいない。泣きつけるのは龍一だけだった。

「明日からは行き帰りともに、俺のガード付きだから、一人で勝手に行くなよ」

「でも……」

「困ったときはお互い様だから、遠慮しなくていい。俺が一人暮らしを始めて困っていたとき、玲史が助けてくれたしな。今だって、料理を教えてくれているだろう？　その恩返しだと思えばいい」

「……」

玲史は迷惑をかけると躊躇《ちゅうちょ》したものの、龍一が一緒にいてくれれば心強いのは確かだ。

理性は、申し出を断って自力でがんばらないといけないと言っていたが、不安でいっぱいの心がそれを許さない。

精神的にも肉体的にも強い龍一に一緒にいてもらいたいと思った。

「いい…んですか……？」

「ああ、そう言ってるだろう？　俺は、嫌なことを自分から言い出したりしない。手に余ると思えば、引き受けもしない。だから、変な遠慮はしなくていい」

「ありがとう…ございます……。嬉しい……」

安心したせいか、こらえていた涙がポロポロと溢《あふ》れ出た。

「ああ、大丈夫。泣くな」

龍一は優しい声でそう言って、玲史の額にキスをする。そして額からこめかみ、頬へと移り、玲史の涙を舌で拭った。

「しょっぱいな」

「涙ですもん」

玲史は思わず笑ってしまう。

ハーフのせいか龍一はもともとスキンシップが多いが、キスをされたのは初めてだ。優しく慰めるそれに、こんな状況にもかかわらず、より親しくなれた気がして嬉しい。

それでなくても龍一に頼りきりなのに、さらに依存度が増した気がした。

★
★
★

翌日から、玲史は龍一と行き帰りをともにすることになった。

しかし一年生の玲史のほうが講義数が多く、龍一に必要のない早起きをさせることになってしまう。

それが玲史にとってもっとも申し訳なく感じるポイントなのだが、龍一は特に気にすることなく、講義の時間まで大学の図書館で勉強をしているから問題ないと言った。

龍一の料理の腕のほうもそれからほぼ毎日、玲史の指導のもとで完璧なオムレツを作れるようになり、目玉焼きをひっくり返すのも、出汁巻き卵も上手になった。

一緒に軽食を摂った玲史の両親にもその出来栄えを褒められて、鼻高々でご機嫌だ。

そして大学が休みの日曜日。

内田と丸川の二人と遊ぶ約束をしていた玲史を、龍一はわざわざ待ち合わせの駅まで送ってくれた。

「佐木先輩、こんにちはっす。丸川、まだ来ないんですよ」

「また寝坊か？　あいつ、時間配分が下手なんだよな。要領が悪いっていうか」

「十五分遅れるって連絡が来たから、先に映画館に行ってチケットを買っておくことになりました」

「分かった。じゃあ、玲史をよろしくな」

「はーい。確かに、お預かりしました」

「……ペットじゃないんだけど」

玲史の呟《つぶや》きは二人にあっさりと流され、龍一は手を振ってホームへと戻っていった。

玲史は内田と映画館に行き、三人分のチケットを買って丸川が来るのを待つ。二人で摘まんでいる巨大なポップコーンバケツは、アルバイト代が入ったという内田の奢りだった。

丸川は映画が始まる三分前に息せき切って現れ、ひとしきり謝り倒すこととなった。

それから三人で映画を観て、カフェで感想を言い合う。

受け止め方や好きなシーンは三者三様だが、「ヒロインが可愛い」という点は同じで思わず笑ってしまった。

玲史は今まで映画を観に行くときは一人だったから、こんなふうに感想を言い合えるのは楽しい。

そのあとはモール内のショップを見て回った。

「野間は、アクセサリーとかつけないのか？　シルバー系とか似合うと思うんだけど」

「あんまり興味ない。面倒くさいし、鬱陶しくない？」

「そんなの、すぐに慣れるぞ」

「そうそう。美人なのに、もったいないなぁ。服も、ごくごくシンプルなやつばっかりだし。

似合ってるけどさ」

「しゃれっ気、少ないよな。着飾るのも面倒くさい？」

「うん。組み合わせとか考えるのが面倒。下を色物にすると、上とのバランスを考えなきゃいけないだろ？　ジーンズなら何も考えなくていいし、清潔でボロくなきゃいいと思ってるから。二人はオシャレだよね。体育や部活のたびにアクセサリーを外したりつけたりって、面倒くさそう……」

「いや、慣れだから。俺が今つけてるネックレスは、シルバーだけど結構高いんだよ。前からずーっと欲しくて、二年かけて金を貯めて買ったんだ。だから愛着もあるし、つけていたいと思うわけ」

「へぇ…確かに格好いいね」

「だろ？　野間もさ、いろいろ見て、気に入ったのがあれば買えよ。好きなものを身につけるって、気分もあがるぞ」

「うん」

目についた店に片っ端から入っていって、ああだこうだと言いながら試着を繰り返す。

若い層をターゲットとしたモールだし、いわゆる高級ブランドはあまり入っていない。買いやすい値段設定と、モール限定の割引商品が購買意欲をそそった。

「……あ、この色、野間に似合いそうだ。野間は色が白いから、きっと映えるぞ」

そう言って丸川が広げたのは、Vネックのシャツだ。綿とレーヨンが混ぜられているから手触りがよく、あずき色と紫の中間のような変わった色合いである。綺麗な発色なのに落ち着いていて、玲史も心惹かれる。

「いいかも……」

「だよな。サイズは？」

体に当ててみて、肩幅と袖、裾の長さをチェックする。

価格的にも手頃なものだったので、玲史は頷いて「買ってくる」とレジに向かった。

すぐに丸川が後ろに並んで、「俺はこれ」と水色のサマーセーターを見せる。

「ああ、似合いそう。爽やかだね」

「暑苦しい男は、モテないからな。俺は、爽やか路線でいく。実は、うちの部の美紗《みさ》ちゃん狙いなんだよ」

「え？　あの、露骨に龍一さん目当てのギャルっぽい子？　この前も、『先輩、チョー格好いい』って言ってたけど」

「そうだけどさ。サバサバしてて可愛いじゃん。先輩に本気で惚れてるわけじゃなさそうだし。派手な見た目のわりに、真面目だし。あの派手さは、受験勉強の反動なんだってよ」

「うん、いい子だよね。にぎやかだけど、所構わず騒ぐ感じじゃないし」

「だろ？　がんばってアタックするぞ」

丸川が鼻息荒く言ったところで玲史の順番になったので、玲史は丸川を置いてレジに向かう。

商品を袋に入れてもらい、代金を払って外で待っている内田に合流した。

「……佐木先輩からメールが来たぞ。用事がすんだから。夕食を一緒にどうかだって。奢ってくれるってよ。ラッキー」

「いいけど…どこで？」

「ここまで来てくれるってさ。このモール、飲食店が多いからな」

そこにレジをすませた丸川がやってきて、同じ話を聞く。

「それって、野間を迎えに来るついでだよな？　確かに俺たちにとってはラッキーだけど、すげえ過保護」

「嫌がらせの犯人、捕まってないからだろ。他のはともかく、あのアイコラのはやばい感じするもんな。どこで隠し撮りしたかも分かってないし。嫌がらせ犯からストーカーに格上げした感じが……。男とはいえ、野間の細腕じゃ大した抵抗もできるとも思えないし」

「細腕……」

玲史がなんとも複雑な心境で顔をしかめると、二人は肩を竦《すく》めて言う。

「仕方ない。実際、細腕だし。お前よか、うちの女の先輩たちのほうが力も強いぞ、きっと」

「うんうん。先輩たち、細く見えてもガッツリ鍛えてるからなぁ。新見《にいみ》先輩、握力が五十三だってよ。俺と大して変わらないっていうのが……」

その言葉に、丸川がガクリと肩を落とす。

「……俺、握力五十二…負けた……」

「気にするな。確か、俺たちの年代の平均は四十九だか五十だかだ。五十二なら平均より上だし、どう考えても新見先輩がすごすぎるんだよ」

「そうだな…剣道でも勝ったことないし……」

「俺たちは剣道を始めて六年…あっちはキャリア十二年なんだから、そう簡単には勝てないさ」

「新見先輩、道場にも通ってるっていう話だし、敵うわけないか」

「俺たち、大学に入ってからは練習も毎日じゃなくなったしな。高校のときみたいに、部活に比重を置いてない自覚はあるだろ？」

「まぁなー」

「剣道って、力より俊敏さとか技が重要みたいだもんね。……ところで、龍一さんと合流するのって、いつ？」

「六時半だから…あと二十分ある」

「それじゃ、もうちょっと買い物する？」

「そうだなー」

三人でお喋りしながらあちこち見ていると、あっという間に時間が過ぎていく。

龍一との合流地点であるレストランフロアに行ってみると、まだ五分前にもかかわらず龍一がいた。

「遅れてすみません」

「いや、まだ時間前だ。電車のアクセスがよくて、早く着いただけだから。腹、減ってるか？」

「はい！」

「すごく！　先輩、何を食べさせてくれるんですか？」

「そうだなぁ、玲史に肉を食わせたいんだよな。玲史、焼き肉とすき焼きとしゃぶしゃぶ、どれがいい？」

肉しかない選択肢に、玲史は迷わずしゃぶしゃぶを選ぶ。

「やっぱりか…俺らくらいの年齢なら、普通は焼き肉だろ。……まぁ、いい。それじゃ、しゃぶしゃぶだな」

店の案内を見てみれば、火鍋の店が食べ放題をやっている。

玲史はともかく他の三人は体育会系の学生としてかなりの量を食べるので、食べ放題のほうが龍一の懐は痛まない。

「それじゃ、ここだな。スープを人数分選べるっていうのがいいじゃないか」

「やった、食べ放題！　肉、食うぞ～」

「肉、肉♪」

玲史だって別に肉は嫌いではないが、彼らに比べて食べる量が少ないのは確かだ。それに肉の脂もあまり得意ではないから、脂が落とせるしゃぶしゃぶは好きな料理法だった。

奥まった席に案内されて注文をすませ、タオルで手を拭きながら丸川が言う。

「それにしても先輩、野間に甘いです。俺たちには厳しいのに！」

「部の後輩とマネージャーじゃ、扱いも変わって当然だろ。それに玲史は俺のお隣さんで、家事の先生だしな。おかげで卵料理が完璧になりつつある」

「先輩、もう充分モテてるんだから、家事まで完璧とかやめてくださいよ。まさしく女の理想の恋人になっちゃうじゃないですか」

「今どき、男でも家事はできないとな。お前たちも実家暮らしだからってのほほんとしてないで、料理くらいできるようになっておいたほうがいいぞ。一人暮らしになったとき、途方に暮れる」

「分かってはいるんですけどね…親元にいると、なかなか」

飲み物と肉などが載った皿が何枚も運ばれてきて、適当に鍋の中に突っ込む。

早速肉をしゃぶしゃぶしながら、龍一の一人暮らしにおける大変話をネタにせっせと箸を動かした。

にぎやかな食事は楽しい。いずれ自分も一人暮らしを…と思っている二人は、突っ込みを入れつつ熱心に話を聞いた。

そして制限時間の二時間いっぱい大いに食べ、その量に玲史は改めて驚いたのだった。

食事を終えて、駅で二人と分かれる。二人とも反対方向の電車だった。

今日観た映画や、久しぶりに買った服のことなどを話しながら帰宅すると、フロントデスクの青年に声をかけられる。

「お帰りなさいませ。佐木様、お荷物が届いております」

「あ、すみません」

龍一は小さな小包を受け取って、サインをする。

一緒に乗り込んだエレベーターの中で、コーヒーを飲みに来ないかと誘われた。

久しぶりに入った龍一の部屋は、綺麗に片付いている。キッチンも使っている気配はあるが、おおむね整理整頓されていた。

龍一は慣れた様子で湯を沸かし、コーヒーを淹《い》れる。

「……いい匂い」

「マスターが、俺好みにってブレンドしてくれたんだ。やばいほど旨い。これのせいで、外でカフェに入れなくなってきたよ」

「携帯ポットにコーヒーを入れて持っていったらどうですか？　密閉性が高いから、香りもそんなに飛ばないし」

「そうだなー、一つ買うか。学食のコーヒー、あんまり旨くないから」

「専門店のコーヒーと比べたら、かわいそうだと思います」

「確かに。値段も半額なわけだし、文句は言えないか」

そんなことを言いながら龍一は、届いた小包のガムテープを剥がし、箱を開ける。

中から出てきた箱には四角いプレートの写真が載っていて、玲史は首を傾げた。

「それ、なんですか？」

「GPSのついたキーホルダーだ。俺が買ったのは金色」

そう言いながら中身を取り出して、玲史に見せる。

「ただの、キーホルダーの飾りに見えるよな？　だから、いいんだ。今どき、携帯電話やスマホで位置が分かるのは常識だから、犯罪に巻き込まれたとき真っ先に取り上げられたり捨てられる。これなら、気がつかないだろう」

「そう…ですね。シンプルだけど、オシャレなキーホルダーに見えます。でも、どうしてGPSを買ったんですか？」

「これ、玲史のだぞ。お前、ストーカーに狙われてるの、分かってるか？　あのアイコラの写真を詳しい人に見てもらったところ、結構な倍率の望遠レンズを使っているだろうっていう話だ」

「望遠レンズ？」

「ああ。推定百万円オーバーの、プロが使うようなレンズらしい」

「それって……」

「プロに依頼したか、玲史を盗撮するためにバカ高いレンズを買ったかのどちらかだ。まぁ、もともと持ってたという可能性もあるが……。どっちにしろ、面倒くさそうなストーカーってことになる」

「……」

「GPSは、安心のためだ。ストーカーが何かしでかすと本気で思っているわけじゃないが、何もしないという保証もないからな。これで玲史の位置が確認できれば、俺としても安心できる」

「……」

いろいろな感情が入り混じって、玲史はなんとも複雑な心境だ。

普通なら、嫌だと感じるに違いない。誰だって、他の人間に自分の行動を把握されるのは嫌に決まっている。

しかし玲史は基本的に大学と家の往復だけだし、内緒で行きたいような場所もない。隠すことが何もないのと、相手が龍一なら…という思いがあった。

龍一は、家族以外でもっとも近い距離にいる人物だ。

お隣さんで、毎日のように一緒に過ごして家事を教えているうちに、とても親しくなった。頼りがいがある大学の先輩であり、今、玲史が楽しい大学生活を送っていられるのも龍一の手引きがあったからだ。

龍一に紹介された内田と丸川は性格がよく、とてもいい友人になってくれた。成り行きでマネージャーをやることになってしまった剣道部の部員たちも、いい人ばかりだった。

龍一とのかかわりは今の玲史にとってとても大きなもので、外の世界への入り口であり、繋がりでもある。

最初に龍一に頼ってしまったせいか、自分が龍一に依存といってもいいような気持ちを抱いているのを知っている。

そしてそれだけとは言い切れない感情も生まれつつあるのに気がついていたが、人とのかかわりの経験値が少なすぎてそれがなんなのかよく分からなかった。

「……これ、どうやって使うんですか?」

「スマホに登録して、位置確認できるようになる。俺はちょこちょこ見るつもりだから、大学と家以外の場所に行くときは事前に教えておいてくれ。勘違いで騒ぎ立てるわけにはいかないだろ」

「あ、はい。そうか…いるはずがないところにいたら、おかしいって分かるんだ……」

「そのためのGPSだからな。講義中のはずなのに大学にいなかったら、確認の電話をすることになる。玲史が出なければ、内田か丸川だな。それで三人とも出ないか、出ても玲史がどこにいるか知らないとなったら、駆けつける。いる場所がいかにも怪しげだったり不可解だったりしたら、通報だ」

「つ、通報？」

その言葉に玲史は目を瞠《みは》る。

「取り返しのつかない事態になるより、早とちりだったと謝るほうがいいからな。そうならないためにも、事前の連絡はきちんと取ってほしい」

「わ、分かりました。うっかりのせいで通報されるのは、ボクとしても絶対に避けたいです」

「だよな。俺も、困る。玲史は真面目でマメだから、うっかりはないと信じてるぞ。これが丸川だったら、言えないセリフだ。あいつは大雑把《おおざっぱ》だから」

「確かに……」

玲史は笑って、今使っているキーホルダーに金色のパネルを移す。鎖タイプは好きではないし、一昨年の誕生日に父からプレゼントされたキーホルダーを気に入っていたからだ。

「……うん、華やかで綺麗です。GPSには見えませんね」

「それが重要だ。見るからにGPSじゃ、すぐに捨てられちゃうからな。もっとも、プロの犯罪者は、ちゃんとそういうのが分かる装置も持ってるみたいだけど。海外だと、『誘拐ビジネス』なんていう言葉があるんだから、すごいよな。平和な日本に生まれてよかった……。うちのじいさまは政治家だったから、アメリカなら子供の頃からボディーガードつきになるところだった」

「それは…ストレスが溜まりそうですね」

「治安がいいっていうのが、どれだけ恵まれているか分かるよな。銃規制法は偉大だ」

玲史は頷いて、龍一が日本にいてくれてよかったと、心の底から安堵した。

何しろ龍一の父親はアメリカ人なので、アメリカで生まれ育っていてもおかしくはないのだ。

父親が日本贔屓で妻の家が理想的な日本家屋だったため、婿養子《むこようし》になりたいという勢いで同居になったらしい。

だから外ではオーダーメイドのスーツを着こなすやり手の商社マンが、家では常に着物に丹前、作務衣《さむえ》というから面白い。

龍一の容姿からすると、日本よりアメリカのほうが居心地がいい気がする。

日本ではひどく目立つ長身も、金茶色の髪も、アメリカでなら珍しいものではない。

けれど玲史にとっては、龍一が日本で生まれ育ち、自分の隣に越してきたのは本当に僥倖《ぎょうこう》だった。

「龍一さん……」

「うん？」

「本当に、ありがとうございます……。大学でのことも、今も。龍一さんがいなかったら、すごく怖くてまた不登校になってたかも……」

高校を退学した当時、家を訪ねてきた親戚のおじさんに、逃げ癖がつくぞと叱られたことを思い出す。

大学に進学するにあたっては玲史も大変な覚悟をしたし、何があっても絶対に逃げ出さないと決めていたが、性的な意味合いでの嫌がらせだけはダメだった。

玲史のトラウマを刺激し、また襲われたら…と考えると、安全な家から一歩も出たくなくなってしまう。

もし龍一が送り迎えしてくれると言い出さなかったら、アイコラを貼られた翌日、大学に行けたか疑問だ。

一緒に朝食を食べ、そのまま家を出て、大学についてからは内田と丸川が一緒にいてくれた。おかげで周囲の視線をあまり気にしなくてすんだし、アイコラのことを直接聞いてきた人たちには、二人が怒ったり笑い飛ばしたりしながら「粗悪なアイコラ」だったことを説明してくれた。

一緒に厳しい教授陣に耐え、講義の一環でディスカッションなどをさせられて、学友という思いが芽生えている彼らは、玲史への悪質な嫌がらせに怒ってくれた。

法学部の学生というのも大きいのかもしれない。一連の悪戯描きは問題になっていたし、悪質なアイコラを作って掲示板に貼る行為が犯罪だという意識は高い。

たまたま講義が一つ休講になったときには、それらの行為がどう法律に触れるか、民事訴訟を起こすならいくらくらい取れるかなどをディスカッションし始めた。

身近な犯罪なだけに、自分ならどう対処するか、刑事事件にはできるかなどを議論する。

六法全書を調べ、パソコンで判例を検索し、レポートが書けそうなレベルで検討を重ねる。時間つぶしにちょうどいいと見えて、結構な人数がそれに加わっていた。

それがきっかけで妙に結束が固くなり、和気藹々とした雰囲気になったのはいいことだった。

「内田と丸川のおかげで、とても居心地がいいんです。あの写真のせいで嫌な雰囲気になりかけたとき、うまく二人が説明してくれました。今はみんな、正義感に燃えて嫌がらせから守ろうとしてくれるんですよ。……女の子にまで、『一人になっちゃダメよ！』と言われたのは複雑ですけど」

「ああ、あいつらいいコンビだろ？　頭がいいし、機転も利くんだよ。それに、玲史が法学部にいたのもラッキーだったな。これから法と人権を勉強していこうっていうやつばかりなんだから、嫌がらせに関しての意識も違う」

「そうなんです。二人が、みんなの正義感に訴えてくれて…本当に感謝しています」

「ご両親に、今回のことを言うつもりはないのか？」

その質問に、玲史はコクリと頷いた。

「……できれば、本当に必要になるまで言いたくないんです。両親にはこれまでさんざん心配かけてるから…龍一さんと知り合って、一緒に遊ぶ友達もできたことを喜んでいるのに、また心配かけたくないです」

「まぁ、気持ちは分かる。行き帰りを俺としておけば、とりあえず直接的な危険は減るしな。

……だが、これ以上事態が深刻になるようなら、相談しないわけにはいかなくなるぞ。相手を特定するために、興信所に依頼する必要も出てくるかもしれない。調査費は高額で、学生に払えるような額じゃないからな」

「分かりました」

とりあえず今はこの金色のパネルが命綱だと、玲史はキーホルダーをグッと握りしめた。

嫌がらせが性的なものに発展してからは玲史も注意深くなったし、内田と丸川も移動のときなど常に周囲に警戒するようにしていた。

そのせいか、すれ違いざまの悪口関係の嫌がらせはほとんどなくなった。二人がさりげなく前から歩いてくる学生たちの顔を観察していたからである。

物陰から言われたりすることはたまにあったが、気に病むほどではない。

インターネット上の裏掲示板も、執拗に玲史を貶《おとし》めようとする人物の書き込みが反対に攻撃されたらしい。

いくら学内の噂を面白おかしく書き込める場といっても玲史への悪口は目に余るし、まったく根拠がなく、名誉棄損で訴えられたら負けるぞと総攻撃にあったとのことだった。

その際には同じ法学部の友人たちが活躍してくれたらしく、中には正体を暴くぞという脅しもあったせいかずいぶんと沈静化し、元のまったりとした掲示板に戻ったと言っていた。

周囲の人々が明確に玲史の味方をしてくれたことで玲史を取り巻く雰囲気も落ち着いてきていて、警戒を緩めるわけではないが、ずいぶんと平穏な日々を過ごせた。

★
★
★

そして剣道部の大学生にとってはとても大切な、全日本学生選手権の日を迎える。

団体戦はあと一歩という惜しいところで全国大会出場を逃したが、龍一は見事に全国三位となった。

他の部員や内田と一緒に現地まで応援に行った玲史は、すごいすごいを連発することになる。練習と試合では龍一が身にまとう空気がまったく違うし、勝ち上がって相手が強敵になっていくにつれてどんどん研ぎ澄まされた雰囲気になる。

普段はグレイのほうが強い瞳が、高揚のせいか青が勝っている。

それでなくても長身でスラリとした容姿で目立っているので、試合が終わって面を取るたびに女の子たちの歓声がすごかった。

さすがに、追っかけがいるだけある。

内田と丸川によると、龍一は中学の頃から彼女たちには苦労しているらしい。

勝手にブログやツイッターなどに名前や写真を載せられることも多く、肖像権などを引き合いに出して注意し、写真の消去と謝罪を求めるために龍一の祖父が秘書を一人増やしたと言われているほどだ。

そして龍一が準決勝で当たった相手は、一年生のときから二年連続で優勝している大本命である。龍一がかつて玲史に話した、「勝てない相手」だ。

客席から龍一を見つめていた玲史は、龍一がこれまでになく高揚し、集中力を高めているのが感じられた。

高岡《たかおか》という相手も同じで、対峙《たいじ》する二人に客席が呑まれて静まりかえったほどである。

そして始まった試合は、長い間と激しい打ち合いを繰り返した。

玲史には竹刀の動きがまったく見えず、二人の動きと音で試合の流れを察するのみだ。

審判が、「小手、一本！」と旗を上げたときも、どちらが勝ったのかまったく分からなかった。

「今の小手、決まってたのか」

「惜しかったな、佐木先輩。互角にやり合ってたのに」

二人のその会話で、龍一が負けたのだと分かる。

「……龍一さん、負けちゃったんだ」

「ああ。すごい速さだから、俺にもよく見えなかった。このレベルの試合って、選手もだけど審判がすごいよな。正直、俺じゃ無理だ」

「動体視力の他に、経験値が必要だよな。なんというか…次元が違う」

腕の振りで打ち込んだ先は分かっても、浅いか深いか、きちんと入っているのか判断するのは大変なものがある。

龍一と高岡の試合に比べると、決勝と三位決定戦はあっけないほど簡単に勝負が決まった。

丸川の言葉ではないが、あの二人だけレベルが違う。すべての試合が終わると、龍一は高岡に話しかけられて談笑している。

「仲、良さそう」

「年が一歳しか違わないし、中学…もしかしたら小学生のときから試合で何度も会ってるしな。

二人とも、昔から全国大会の常連なんだってよ」

「へぇ、すごいね」

「高岡さんのところは強豪だから、練習環境も整ってるんだ。佐木先輩にも誘いが来たけど、弁護士になるつもりだからって断ったらしい。うちは司法試験の現役合格者数が多いから」

「弁護士志望なら、うちのほうがいいよね。それに強豪っていうことは練習も厳しいだろうし、勉強と両立するのは難しそう」

「当然、練習は毎日、プラス朝練っていう話だ。剣道漬けの大学生活になっちゃうな」

その道に打ち込んでいる人間にとっては幸せな日々かもしれないが、浮かれた大学生活を夢見ている二人には向いていない。

下で関係者と談笑していた龍一が剣道着のまま観客席に来ると、女の子たちが黄色い声を上げながら群がろうとする。

龍一は彼女たちを振り切って玲史たちのところにやってきて、表彰式までまだ時間があるからと笑った。

「下にいなくていいんですか?」

「じい様の知り合いが多くてさ。子供の頃の悪戯話をされる前に、逃げ出してきた」

「ああ…親戚のおっさんたちみたいなやつですか。すぐ、お前は昔あれしたこれしたって言うんですよね」

「昔話も、時効みたいなもんを作ってほしいよな。覚えてないことをいつまでも……」

「俺なんて、従姉妹《いとこ》の姉ちゃんにオムツを換えたとか言われるんですよ。蒙古斑《もうこはん》の話までされるし…マジで勘弁してほしい」

それはみんな多かれ少なかれ経験のある話なので、一様にうんうんと頷いている。

龍一と目が合うと、龍一はニヤリと笑って聞いてきた。

「格好よかったか?」

「はい、すごく。練習のときとも、都大会のときとも違っていて、息を呑みました。特に準決勝は、すごかったです」

「あー…高岡さん、ものすごく強いだろ?　俺も今日はいい感じで集中できてたんだけどな。あと少し届かなかった」

「二人とも、すごかったですよ。もう…他とは空気が違っていて、真剣勝負っていう言葉の意味が理解できた気がします」

「そうか、そうか。高岡さんとはこれからも何度か試合するだろうから、次はもう少しがんばる。在学中に、一度くらい勝ちたいもんだ」

「がんばってください」

「ああ」

よしよしというように頭を撫でられて、玲史はうっとりと目を瞑《つぶ》る。

龍一が他の後輩たちにこんなことをしているのを見たことがないから、可愛がられ、特別扱いされているのだと分かる。

そのせいで一部の女の子たちにはひどく疎《うと》まれているが、自分にかかわりのない人たちの目を気にして龍一の側を離れる気はなかった。

玲史の中の優先順位は、もうはっきりと決まっている。そしてその優先順位で、龍一は家族と並んで同率一位だった。

大切な相手だし、とても好きだと思う。

出会ってからまだ三ヵ月しか経っていないが、龍一は玲史の中でとても大きな存在となっていた。

単純な好きだという感情に、今はいろいろな色が加わっている。

暖かく穏やかな優しい気持ちと、それと相反するような胸が熱くてざわつく感覚。

龍一に見つめられるとドキリとし、微笑まれるとソワソワして落ち着かなくなる。

恋かもしれない…と思ったが、これまでに抱いたことのあるほのかなものとは違う。龍一がひどくモテるせいか、独占欲のような強い感情を覚えるのである。

他の誰にも、自分に対するときのような優しさを見せてほしくないと思う。

額や頬へのキスも、独り占めしたい。

それどころか龍一が誰かを見つめるのも嫌だったし、内田や丸川とのこれまでを踏まえた親しみにさえ軽い嫉妬を覚えた。

玲史にとっては初めての強い感情で、それゆえに戸惑いが大きい。

この気持ちがなんなのか…龍一との今の関係を壊したくない玲史は、それ以上深く考えることを放棄する。

生ぬるいと言われても、龍一に優しくされ、甘やかされるのはとても幸せだったのだ。

玲史への嫌がらせは周囲の協力のおかげでずいぶんと数が減ったが、なくなったわけではない。

以前のときのように怒涛《どとう》の勢いで襲いかかってくるような感じではなかったが、いつまで経ってもなくならないという執拗さは不気味だった。

騒ぎを起こすのを楽しむ愉快犯的なものだったらいいと思っていたのだが、そうではないという気がする。

失敗しても思い出したように嫌がらせをするその意図が分からず、気持ち悪かった。

しかし思い出したようにチマチマと嫌がらせをするくらいだったので大した害はなく、なんとなく日々は過ぎていった。

★
★
★

夏休みを前に大学での初めての試験があり、それどころではなくなったのもある。

代々改編を加えられ続けているという学部ごとの試験問題集を見ながら、追試は絶対にごめんだとみんな必死である。

中でも教授陣が一番厳しいと言われている法学部の部員は、協力しあってレポート書きや試験勉強をした。

その甲斐《かい》あって誰一人として赤点を取ることなく、夏休みに突入できる。

プレッシャーから解放された玲史は内田や丸川と近場で遊んだり、部のみんなと遊園地に行ったりして楽しんだ。

失われた学生生活を取り戻そうと、玲史は積極的に参加する。

そうして楽しいひとときを過ごして帰宅してみると、玲史宛てに封書が届いていた。裏を見てみても、差出人の名前は書いていない。

嫌な予感を覚えながら開けると、中には掲示板に貼ってあったのとよく似た粗悪なアイコラの写真が何枚も入っていた。

隠し撮りらしく顔の角度と表情がまったく合っていないが、前回よりは少しは丁寧に作ったらしいアイコラである。

「………」

怖いのはその執拗さと、家の住所が知られているということだ。

個人情報の扱いについて厳しい大学側から漏れたとは考えにくいし、メールアドレスと電話番号さえ交換すれば不自由しないので、内田や丸川でさえ玲史の住所は知らない。

教える必要がなかったから、誰にも教えていないのである。

玲史の住むマンションの住所だけならあとをつければ分かるだろうが、表書きにはしっかり部屋番号が記されていた。

これは、興信所に依頼するなどなんらかの方法で玲史の情報を手に入れたということになる。

大学だけでなく家の近くにまで忍び寄られている感じがして、なんとも不気味だった。

怯えた玲史は龍一に泣きつき、大いに慰められることになった。

問題のアイコラ写真は玲史が視界に入れておきたくないということもあって、龍一が調べてもらうからと言ってどこかに持っていった。

夏休みに入ってまで嫌がらせをしていくる相手に、ただの愉快犯ではなくストーカーなのだとはっきり認識する。

信用している相手としか会わないですむ生活で、解放された気分でいた玲史は、冷や水をかけられた気分で委縮した。


そして、七泊八日の夏合宿がやってくる。

先輩マネージャーたちが、洗濯が大変だと嘆いていた全員参加の合宿だ。

仮入部のままゴッソリ抜けた部員が多かったから現在は四十六人だが、マネージャー三人で世話をするのは大変な人数である。

山梨《やまなし》にある大学の設備を使っての合宿で、朝食と夕食は提供される。

昼食は食材を自分たちで調達し、元どおりに片付けるなら厨房を使ってもいいことになっている。そのため、冷蔵庫もそれ専用に設置されていた。

大学の施設とはいえ、卒業生も利用することができる。

学生よりも割高ではあるが、体育館やテニスコート、プールもあるし、周辺のホテルなどに比べればお得な価格だ。

剣道部の合宿時には他に二つの部が利用することになっていて、学生や一般客も予約しているようである。

さすがにこんな遠くまできたら嫌がらせもないだろうと、玲史は久しぶりに暗雲が晴れたような清々しい気持ちになる。

電車を降りてすぐ、気温差が感じられた。送迎の車に乗って緑に溢れた宿泊施設に着くと、さらに涼しくなった気がする。

まだ七月にもかかわらず、外に出るのが嫌になる東京の暑さとは別物である。もちろん高原とはいえ夏らしい暑さはあるが、風が吹けば爽やかで過ごしやすそうだった。

気がかりのある日常から離れ、環境のいい高原でワイワイガヤガヤできるのは嬉しい。

部員たちとももうだいぶ気心が知れているし、同年代の友人との旅行が中学の修学旅行が最後の玲史にとって、本当にワクワクするものだった。

ホテルのロビーで、主将が手に持った紙束をバサバサと振りながら言う。

「これ、部屋割りな。話し合いで交換するのはありだが、自重しろよ。ここが大学の施設だっていうことを忘れるな。合宿である以上、個人的な問題じゃすまなくなる。分かったな?」

「はい！」

「肝に銘じます！」

「いい返事だ」

適当に配られた部屋割り表を覗き込んで、玲史はあれ…と思う。

基本的に同じ学年同士で二人一組なのだが、玲史は龍一と同室だった。

「龍一さんとだ……」

「ああ、一年って奇数だもんな。誰か一人余るわけだ」

「……ついでに、お前らのだけ部屋番号が書いてないな。これ、佐木先輩への夜這い防止か。うちの部の合宿に合わせて、やたらと女の子の申し込みが多かったっていうし」

「そうなんだ」

「ああ。この一週間だけ、ほとんど満室だってよ。佐木先輩目当てで女の子が集まって、その女の子を目当てに男どもが集まってきてるんだ。体育館はもうちゃんと予約を入れているからいいけど、他は混んでそうだなー」

「去年は部屋にひっきりなしに女の子が押しかけてきて、大変だったらしい。……野間、がんばれよ」

「う…うん……」

もしかしてひっきりなしにチャイムを鳴らされ、扉をノックされまくるのだろうかと顔をしかめる。

龍一が手厳しく撃退してくれたとしても、このかなり大きなホテルが満室ということは、押しかけてくる女の子たちも多そうだった。

「玲史～、部屋、行くぞ」

「はい」

「これ、お前のルームキーな。部屋番号は、これ」

ロビーにはたくさんの人がいて、中には龍一を待ち構えていた女の子も多い。部員たちが龍一の周りを囲んでブロックしていたが、遠巻きにして耳をそばだてているのを感じた。

それゆえに龍一は聞かれることを警戒してか、玲史に三一七と書かれた紙片を寄越す。

「面倒くさくなるのはごめんだから、女たちになんと言われようが、訪問も、部屋番号の問い合わせも断れよ。文句を言われたら、俺に怒られるって言えばいい。先輩命令なら仕方ないって思うだろ」

「……だといいんですけど」

剣道部の女の子たちは部内での人間関係があるから、そういう面での聞き分けがいい。わがままを言って嫌われるようなことをしなくても、同じ剣道部ということで龍一との接触の機会が多いのである。

けれどそういった関係性がなく龍一目当てで集まってきている女の子たちは、ダメ元の当たって砕けろ精神で来るから怖いものがありそうだった。

「怒られる、無理とだけ言って振り切れ。どうせしばらくしたらバレるのは分かっているが、なるべくあとをつけられないようにな」

「……はい」

開放的で楽しい合宿のはずが、のっけから面倒なことになっている。しかし龍一にとってはこれが日常茶飯事なのかと思うと、実に気の毒だった。

一週間と長めの滞在だが、どうせ毎日洗濯をするからということで玲史の荷物はボストンバッグ一つきりだ。

部屋に行こうとエレベーターに乗ると、ロビーにいた女の子たちの一団が慌てて追いかけてくる。

さすがに一緒にエレベーターに乗り込むのを拒否することはできず、龍一は五階のボタンを押した。

「………」

玲史がチラリと龍一を見ると、龍一は視線で何も言うなと訴えてくる。そしてさり気なく玲史の手からボストンバッグを取り、小さな声で囁《ささや》いた。

「降りたら、走るぞ」

どうやら女の子たちを振り切るつもりらしいと分かる。つまり、階段で一気に三階まで駆け下りることになるから、荷物を持ってくれたのだ。

龍一目当ての女の子たちはみんな高いヒール靴やパンプスを履いているから、ついてくるのは大変に違いない。

女の子たちは我先にと龍一に張りつき、話しかけている。龍一がまったく反応せず、無視をしていてもお構いなしだった。

エレベーターが五階につくと、龍一はダッシュをかける。玲史も全速力でついていって、廊下の端にある階段を駆け下りた。

しかも三階ではなく二階にまで下り、廊下を走り抜けて反対側の階段に向かう。

きゃあきゃあ言いながらついてきた女の子たちも、二人が三階に上がって部屋に入るところは目撃できなかったはずだ。

カードキーで扉を開けて中に入ると、玲史はゼイゼイと肩で息をして座り込む。

「し、しんどい……」

「あれくらいでか？　本当に体力ないなー。しかし、まぁ、無事に振り切れてよかった。部屋に入るのも見られなかったみたいだもんな」

「そう…ですね……」

なかなか息が整わず玲史が座り込んだままでいると、龍一はその腕を取ってソファーに座らせる。

それから部屋の中にある扉を開けて、二人分の荷物を運び込んだ。

「……あれ？」

この部屋は、ベッドもテレビも一通り揃っているツインルームだ。龍一はいったいどこに荷物を持っていったのだろうかと思った。

ジーッと扉のほうを見ていると龍一が戻ってきて、玲史の腰を掴んでヒョイとばかり肩に担ぎ上げた。

「わぁ！」

予想外の行動と常になく高い視界に玲史は驚き、慌てて龍一のシャツを握りしめる。

「じ、じ、自分で歩けますっ」

「このほうが早い」

そう言って大股で移動した龍一は、扉をくぐって隣の部屋へと入った。

「……」

今いた部屋と家具の配置が違うが、中身はまったく同じツインルームだ。廊下に繋がる扉もちゃんとある。

「ここは？」

「コネクトルームになってるんだ。家族や仲間と泊まるとき、中で繋がっていると便利だろう？

鍵もちゃんとかかるしな」

「へぇ…あれ？　でも、ボクたちの部屋、隣ですよね？　それとも二つで一部屋なんですか？」

「こっちは一応、三一八号室だ。別部屋だな。去年の騒ぎを考慮して、ホテル側がこの部屋を用意してくれたんだ」

「騒ぎ？」

「女どもが次から次へと押し寄せてきて、ひっきりなしにチャイムを押される、声をかけられる……あまりにもうるさくて、空いている部屋に避難させてもらった。だが、部屋を換えてもすぐにバレてな…他の部員たちの部屋を転々として、ソファーで寝るのはつらかった……」

「た、大変…なんですね。モテるのも善し悪し……」

平々凡々と、波風を立てずに穏やかな日々を送りたい玲史にとっては、同情するのみである。しかしそれに自分も巻き込まれているのが、なんとも複雑な心境だった。

「これなら、女たちが突撃してくるのは隣の部屋だから安心だ。チャイムも切ってあるっていう話だし。施設側の配慮に感謝だな。いちいち隣の部屋に移動して出入りするのは面倒だが、誰に見られてるか分からないんだから気をつけろよ」

「毎回、さっきみたいに走って撒《ま》くのは大変ですもんね」

「俺は平気だが、玲史はきついだろ？　それに無事に撒いたとしても、出入りしているところを偶然にでも見られたらあっという間にどの部屋か伝わるから、意味がなくなる。女のネットワークは侮《あなど》れないからな……」

「なるほど……」

担ぎ上げられた体をソッとソファーの上に降ろされて、龍一が聞いてくる。

「夕食まで自由だから、コーヒーでも淹れるか。玲史は飲むか？」

「お願いします」

頭がよくて器用な龍一は、たいていの家事はもう人並みにこなせるようになっている。凝《こ》り性《しょう》でもあるため、コーヒーを淹れたり、作業過程の多い面倒な料理などは玲史よりも美味しく作ったりする。

龍一はポットで湯を沸かし、自分のバッグの中から取り出したコーヒー豆とドリッパーなどをセットする。

「そ、それは？」

「去年も来たから、部屋にはインスタントしかないって知っていたんだよ。一週間もいるんだから、旨いコーヒーが飲みたいだろ？　うちの飲みかけ、持ってきた」

「……マメですね」

「ささやかな贅沢だ。食堂のコーヒーも旨くないから、去年は地味にストレスが溜まってさ。少し荷物が増えるだけでストレスが軽減するなら安いもんだ」

すぐにうっとりとするような香りが室内に充満し、玲史の前にコーヒーカップが置かれる。

「いただきます。……美味しい」

飲み慣れた味だから、ホッとできる。女の子たちの一団に追いかけられるという経験のあとなだけに、心が落ち着いてよかった。

「ボク、追いかけられる系のホラーとか、苦手なんですよ。龍一さん、大変な思いをしてきたんですね」

「そうだろう？　そう思うよな!?　あんな肉食系の女たちに追いかけられると、『女、こえぇ』か、『女、面倒くせえ』としか思えなくなるぞ。おかげで俺は、女嫌いになりつつある」

「えーと…おとなしい、大和撫子タイプが好きって言ってみるのはどうでしょう？　そうしたら、さっきみたいに追いかけ回されることはなくなりますよね」

「言ったことならあるぞ。物静かだけど芯の強い、優しい子が好みだってな。……そうしたら、なんだかしらんが物陰からジトーッと見つめてくる女が大量に湧いて出た。家を出るところから高校まであちこちで待ち構えているうえに、無言であとをついてくるんだ。すごい怖かったぞー。しかも、……うち、男子校だったんだが高校の中でまでそんなのが湧いたもんだから、すぐにあれはウソだと訂正した。普通の子が好み、普通が一番!…ってな」

「ああ…それはますます大変。モテるのもつらいですねぇ」

「そういう玲史だってモテるだろ、男に。おばさんに聞いたんだけど、よく声をかけられてたって？」

「よ、よく…というほどじゃ……。お母さんってば、余計なことを～」

「心配してるんだよ。玲史は真面目で繊細だから、娘よりずっと箱入りに育ててしまったってな。昔から男受けがよかったし、高校のときのことも薄々察している感じだった」

その言葉に、玲史はショックを受ける。

尾形に襲われて怯え、動揺しまくっていたあの頃…それでも両親にはうまく馴染めないとしか言えなかった。

苛められていると思っていただろうが、まさか男に襲われかかったことも察していたとは考えもしなかった。

しかし今になって冷静に思い返してみると、玲史の態度は普通ではなかったかもしれない。あの怯えようでは無視されたとかちょっと小突かれた程度とは思わないだろうし、優秀な医師である両親は患者の歩き方や動きを見れば怪我をしているかどうか分かるらしいから、玲史が怪我をしていないことも分かったはずである。

となれば最後まで至っていないのも分かるだろうから、それは玲史にとって慰めとなった。

「だから、あんなにすんなり退学を認めてくれたんだ……」

普通の苛めではないから、解決策を見出すのは難しい。相手に厳罰を求めようにも確かな証拠があるわけではないし、もしあったとしても性的な犯罪は被害者のほうが深く傷つくのはよく知られていることだ。

玲史を守るという意味では、あの場合、逃げるのが一番というのは明白だった。

「玲史のことを一番に考える、いいご両親でよかったな。師業には多いらしいんだけど、妙な正義感や攻撃性のある親だと、子供のことなんて考えないで学校に突撃するから」

「それはー…考えると、ゾッとします。相手が処罰されたとしても、学校で針のむしろになりますよね。結局、退学することになりそう……」

「大騒ぎにしたことが、新たな火種になりかねないし。性的な問題は扱いが難しいから」

「はい……」

玲史は小さく溜め息を漏らし、窓の外へと視線を向ける。

玲史たちの部屋は庭側だが、手を入れすぎない自然の景観となっている。都会の喧騒《けんそう》から離れたことを示すように、ベランダの柵に小鳥がとまった。

「……なんだろう…セキレイ？　可愛い」

「そういえば、バードウオッチングにも最適だって書いてあったな。餌付けは冬の間だけらしいが、夏でもかなりの種類が見られるとか」

「へー、いいですね。マンションだと、あまり見ないから。ベランダに赤い実がなる木があるんですけど、冬はそれを食べに鳥が来ますよ。ヒヨドリとメジロで、やっぱり小さくて可愛いメジロ贔屓《ひいき》になっちゃいます」

「ヒヨドリはデカいし、ギャーギャーうるさいもんな。うちの実家でも、よく喧嘩してた」

「あれはあれで可愛いんですけどね。他の種類が見られたら、嬉しいなぁ」

「朝は鳥の動きが活発らしいから、朝食の前か後に庭に出るのはいいかもな。遊歩道があって、双眼鏡も貸してくれるはずだ」

「いいですねー。朝の散歩、気持ちよさそう」

東京ではそうそう嗅げないような、濃厚な緑の香りが玲史は好きだった。

「日が高くなると、さすがに暑いからな。避暑地とは言っても、やっぱり夏は夏だ」

「東京とは、比べものになりませんけど。東京じゃ、クーラーのない体育館で練習なんて無理じゃないですか？」

「……間違いなく、死ぬな。倒れる部員が続出する。昔は炎天下に、水も飲ませないで練習させてたっていうじゃないか。考えられないよな」

「根性をつけるとか、そんな感じでしたっけ？　すごい時代ですよね」

「今、そんなことをやらせたら、大問題になるな。虐待、パワハラ、傷害…下手したら殺人未遂か。毎年、熱中症で何人もの死亡者が出ているわけだし」

「そういう罪状っていうか、罪の重さって、検察官の考え一つですよね？　もちろんそうなった状況を踏まえてのことでしょうけど」

「勝てそうにないと、不起訴にするしな」

裁判には金がかかるし、それは税金で侑われるのだ。敗訴すると分かっていて起訴する検事はなく、さらに学校関係については消極的になりがちである。

そういった検事側の事情は、講義中の雑談として玲史も聞いていた。

「それにしても…合宿っていうからには、着いたらすぐに練習かと思ってました。意外とのんびりですね」

「移動で疲れているのに、無理をすると怪我をしやすくなる。それに、うちはガチガチの体育会系じゃないしな。この合宿も、一番の目的は部員間の親睦を深めることだ。酒は抜きだが」

「スケジュール表を見ると、観光とか花火とか入ってますもんね。ボク、花火なんて小学生のとき以来です。楽しみ」

「いいぞ〜、花火。童心に返る。そうそうやる機会も場所もないから、余計に楽しいもんだ」

「公園は、花火禁止ですしね。どんな花火があるのかな？」

「線香花火は鉄板として、打ち上げとドラゴンと…買いに行ったのが主将と副将だから、ねずみ花火みたいなのもあるかもな」

「楽しそう」

誰しも子供のときにやった覚えがのある家庭用の花火には、楽しい思い出がつきものだ。玲史も龍一も無意識のうちに微笑みを浮かべていた。

観光と銘打った巨大遊園地よりも、今はやる機会も場所もなくなってきた花火のほうが楽しみだという部員は少なくない。

「さて、夕食まで、あと二時間……散歩でもするか？」

「そうですねー。敷地、広いし。露天風呂があるって書いてあったっけ。ここ、温泉なんですよねー」

「まぁ、そうだけど。お前は大浴場、禁止だぞ」

「えっ！　どうしてですか？　せっかくの温泉なのに……」

「例のアイコラがな……。偽物だって分かっていても、そういう目で玲史を見る男が続出らしい。ゲイだけじゃなく、ストレートの男でも、羽目を外せる学生のうちに一度くらい男とやってみたいと思うやつはいるもんだし。玲史の綺麗な顔は、そういう男の格好の的になりやすい」

「うう……」

これまで何人もの男に声をかけられているだけに、納得できてしまうのが悲しい。

「うちの部員たちは先にマネージャーとしての繋がりができたから不埒《ふらち》な目で見るやつはいないが、他はどうだか分からないからな。ここがほぼ満室なのは知っているだろう？」

「……はい」

「誰と一緒になるか分からない大浴場で、ジロジロと体を見られたくなければ、諦めたほうがいい」

「……はい」

温泉は玲史の楽しみの一つでもあったからとても残念だが、仕方がない。

大学の掲示板に貼られたアイコラとインターネットの裏掲示板への書き込みは、嫌な意味での玲史への好奇心を掻きたてているはずだった。

「そう、落ち込むな。確か貸し切りの家族風呂があるから、予約できるか聞いてみよう。小さいけど、温泉だったはずだ」

「温泉？」

「ああ、そう書いてあった覚えが…ちょっとフロントに電話して聞いてみる。予約時間は、何時でもいいな？」

「はいっ」

玲史は思わず笑顔になって立ち上がり、龍一がフロントに電話をしている間にコーヒーカップをバスルームに持っていく。そして二人分のそれを手早く洗い、元の場所に戻した。

「予約、入ったぞ。八時半から、四十分制限だそうだ」

「分かりました。楽しみです」

「さて、それじゃ散歩に行くとするか」

龍一は鞄の中から虫除けスプレーを取り出し、体中に吹きかけている。そしてそれを玲史に向かって投げ、念入りに吹きかけるよう言う。

「薄手の上着、持ってきてるか？」

「あ、はい。カバンの中に……」

「鞄、開けるぞ」

「はい」

「玲史は色が白いからな。高原で涼しいとはいえ紫外線は強いから、気をつけたほうがいい。油断すると、真っ赤になって泣くことになるぞ」

「それ、お母さんにも言われました。日焼け止めも渡されて、面倒くさがらずに塗りなさいって。ボクも痛いのは嫌なので、素直に聞くことにします」

「それがいいな。帽子も被っておけ」

龍一はそう言って、自分が被っていた帽子を玲史の頭に載せる。

「そんなに大げさにしなくても……」

「顔を隠すっていう意味でも、帽子は重宝するぞ。多少は目隠しになるからな」

「あー、なるほど」

納得しかける玲史だが、龍一はすぐに渋面で言う。

「俺の場合は、不審者に思われる確率も上がるが…ガタイがいいからなぁ」

「あー、そっちもなるほどです」

龍一は欧米人の体つきだし、なまじ美形だからムッツリと黙り込んでしまうと迫力があって怖い。

本能的に力で敵わない相手には怯えを感じるから、帽子を目深に被って顔を隠した龍一は怖く感じるに違いなかった。

準備万端で非常階段を使い一階へと下りていった二人は、辺りを窺いながら外へと脱出する。

木立の中に入ってしまえばもうつきまとわれる心配はしなくてすみ、のんびりとした気持ちで散歩ができた。

「さすがに空気、いいなー」

「久しぶりに、こんな濃い緑の匂いを嗅いだ気がします。……あ、鳥だ」

「んー…遠くて、なんの鳥か分からないな。やっぱり、フロントで双眼鏡を借りないと」

「龍一さんがフロントに行くのって、危険ですよね。待ち構えている女の子たちに見つかっちゃいます」

「なんであいつら、ああもガッツあるんだろうなぁ。去年、ミスキャンパスを振ったのがまずかった気がする。あれで、トロフィー的な存在になったような……」

「え？　それって、どういうことですか？」

「女同士って、張り合うから。ミスキャンパスを振った男を恋人にできたら、鼻高々ってやつなんじゃないか？　あの女、性格悪いって嫌われてたから、余計に。俺も大学に入ってから誰かと付き合ったことがないから、トロフィーの価値としては高くなっているだろうし」

「ああ…難攻不落の王子様って言われていたんでしたっけ。内田たちは王子様って感じじゃない、ナイト様だって言ってましたけど」

「……どっちにしろ、こっぱずかしい異名なのは同じだな。全然、嬉しくない」

「難攻不落の王子様……難攻不落のナイト様……確かにちょっと恥ずかしいかも」

内田たちは面白がっていたが、自分につけられたらと思うと赤面する思いだ。さすがに面と向かってそんな呼び方をする女の子はいないらしいが、実家に送られてきた手紙や贈り物にはそう記されたものも少なくなかったとのことだった。

龍一は溜め息を漏らしながら言う。

「男子校は楽だったなぁ……。そっちの気があるやつはいたけど、堂々と言い寄ってくるやつは数えるほどだったし。幸いデカく育ったおかげで、押し倒してくるようなやつもいなかった」

「龍一さんを押し倒すの、大変そうですもんね。日本人じゃ、ちょっと難しそう。アメリカだとどうなんですか？」

「……思い出したくない。日本に生まれ育つと、あのマッチョっぷりは目に痛くてなぁ。どうも俺の顔は、やつらにとってはオリエンタルでミステリアスに見えるらしい。ムキムキのマッチョどもに言い寄られたのは、俺の黒歴史だ。キミ可愛いねー、セクシーだねーなんぞと言われた日には……」

うっかり思い出してしまったのか、龍一の腕には鳥肌が立っている。

龍一の身長で可愛いと言われることは滅多にないだろうし、セクシーの意味もおそらく日本でのものとは違うはずだ。

同性…しかも自分より体格で勝る相手に性的な誘いをかけられる気持ち悪さは玲史もよく知っているので、激しく同情した。

「分かります。ゾッとするし、怖いですよね」

「親父が、日本に定住してくれたことに感謝したよ。アメリカの祖父母には悪いが、あまり行きたくなくてな。やっぱり、日本が一番だ」

龍一の祖父母は、ロサンゼルスの高級住宅街に住んでいる。だから治安は悪くないが、それでも犯罪件数は日本とは比べものにならない。

児童誘拐や凶悪犯罪も多く、日本に遊びに来た祖父母が一番驚いたのは、子供たちだけの登校や、子供が一人歩きしている姿だという。

それまではアメリカに帰ってきなさいとうるさかったのが、子育ては日本のほうがいいかもしれないわね…と変わったらしい。

「アメリカでは、安全はタダじゃないですもんね」

「ああ。すごく金がかかる。幸い祖父母は日本が気に入って、わりと頻繁に来てくれるから助かったよ。黒毛和牛と地鶏に嵌まったらしい」

「に、肉食……。さすがアメリカ人」

「七十歳近い祖父は、玲史の三倍くらい食うぞ」

「……体格が違うから」

「それはそうだが、玲史は日本人の男の中では食わない部類に入るだろ。でも、最初の頃よりは食うようになったか？」

「周りがすごく食べるから、つられているのかも……。みんな、食え食えうるさいし」

そのうちの一人である龍一は、笑って玲史の頭をガシガシと撫でる。

「いいことじゃないか。ここのメシはわりと旨いし、量が多いからがんばって完食を目指せよ」

「うーん……」

自信がないと、玲史は唸る。

「この散歩で、腹を空かせればいい。ロングコースとショートコースがあるから、ロングコースだな」

歩きやすいスニーカーを履いているし、不服はないので玲史はコクリと頷く。

二人は日が沈む前のひとときを、静かな木立の中を歩いて過ごした。

おかげで夕食はそれなりに食べられた。最初に、ご飯は少なめでと言っておいたのがよかったかもしれない。

それでもやっぱり少し無理をしたためか胃が重く、デザートは丸川に進呈することになってしまった。

夕食後は、一週間借り切った会議室に移動する。

まずは主将が明日の予定を告げ、そのあとは思い思い好きに過ごせるようになっている。

トランプやボードゲームがいくつか置いてあって、それをしながらの懇親会だ。義務ではないから入れ代わり立ち代わりという感じだったが、適当にばらけてゲームをしていると今まであまり話したことのない部員ともグッと距離が近づくような気がする。

これから寝食をともにすることになるためか、飲み会なんかよりもずっと親近感が生まれた。

リラックスして笑い合い、会話を交わす。

ババ抜きが終わったところで龍一はチラリと壁の時計を見ると、トランプを置いて立ち上がる。

「玲史、そろそろ時間だぞ。貸し切り風呂に行くだろ？　俺も行く」

「龍一さんも…ですか？」

「ああ。俺も、ジロジロ見られるのは同じだからな。どうも、こう…アレもアメリカ人並みなのかっていう、下世話な興味が湧くらしい」

「ああ……」

「別に見られて困るわけじゃないんだが、それを面白おかしく喋られるのはごめんんだ。女たちにもあっという間に広がるだろうし、股間をジロジロ見られるのはごめんだからな」

「……分かります」

そういう視線には、玲史も覚えがある。

たとえ同性同士でも、首筋、胸、腰のあたりを舐め回すように見つめてくる視線は実に気持ちが悪いものだった。

好きな相手でないかぎり、性的な意味で見られるのが不快なものだと知っている。

「お互い、いらん苦労するな……」

「本当に。龍一さんは女の人にモテるんだから、まだマシですよ」

「その代わり、激しく言い寄られるぞ。それに、男がいないわけではないし。女どもの勢いと、同性というのがネックで言い寄られることは少ないが、性的な目で見られるのは同じだ」

「……お、お気の毒様です」

「まったくなー。とりあえず力ずくでこられることはないが、薬の類には注意してる。セックスドラッグを盛られたらヤバいからな。お前も気をつけろよ」

「セ、セックスドラッグ……?」

「平和な日本とはいえ、手に入れようと思えば手に入るらしい。既成事実を作って写真で脅しを…っていうのが、ドラマの中だけの話だと思うなよ。飲み物から目を離さない、一緒に帰る人間を確保しておくのが重要だ。神経質なくらい注意しておいたほうがいい」

「わ、分かりました」

そういえば剣道部の飲み会でも、龍一は必ず飲み物を飲み干してからトイレに行き、帰ってきてまた新たに注文をしていた。それに会話のためにほんの一、二分ほど席を移動するのでも、グラスを手離さなかった。

あれはそういうことだったのかと、玲史は納得する。

「玲史はガードがゆるゆるだからなぁ。飲み会自体に慣れていないのは分かるが、ちゃんと自衛しろよ。ゼミに入ると、飲み会も増えるから」

「はい」

玲史は神妙に頷き、龍一の忠告を心に留めた。

いったん部屋に戻って着替えやタオルなどを持って出た二人は、フロントに寄って貸し切り風呂の鍵をもらう。

五階までエレベーターで上がって中に入り、しっかりと施錠してから脱衣所に向かった。

「……薄暗い」

「露天風呂だからじゃないか？　明るくすると虫が寄ってくるだろう？　体や髪を洗ったりは大浴場でして、ここはただ単に浸かるだけなんだよ」

「なるほど……」

その証拠のように洗い場は一つしかないし、シャンプーなどは一通りあるものの、大浴場に揃えてあるような化粧水の類はなかった。

「どうせ、部屋のシャワーで髪とか洗ったからな」

「そうですね。四十分って、お風呂の時間としては充分な気がしますけど、やっぱり時間制限があると落ち着かないですし」

ただ浸かるだけなら四十分は長すぎるが、体と髪を洗うとなると微妙だ。

家にいるときならそんなに時間はかからないものの、なまじ温泉なだけに長湯したいと思うからである。

それゆえに二人は散歩から帰ってすぐにシャワーを浴び、スッキリしてから夕食に向かっていた。

「温泉、温泉♪」

龍一は浮かれて鼻歌を歌いながらパパパッと服を脱ぎ、浴槽に突撃する。

「子供みたい……」

玲史はクスリと笑ってゆっくり服を脱ぐ。

シャワーでザッと体を洗い流し、すでに浴槽に浸かっている龍一に倣《なら》って体を沈めた。

「気持ちいいぞー。やっぱり日本人は温泉だよな。シャワーなんかじゃ、疲れが取れない」

「龍一さんの容姿で言われると、違和感が……あれ？　いつもより目の青味が強くなっているような……」

「ああ、興奮するとそうなるらしいんだよ。体温が上がっても同じなのかもな」

「綺麗ですよねぇ。ここは薄暗いから目も暗く見えますけど、明るいところだと陽の光を弾いて銀色に見えたりして……。全国大会のときはグレイと青が混じって、本当に綺麗でした」

「そうなのか？　自分の目なんか、そうマジマジと見ないから分からないな。特に、興奮してるときに鏡を見ることなんてないし」

「それはそうですよね。龍一さんってちょっと見ないような美形なのに、ナルシスト要素ないですもん」

「自分の顔を見て、うっとり？　ありえない。どっちかというと、疎ましく思っているんだぞ。玲史だってそうだろう？　もっと普通の、目立たない顔に生まれたかったと思ったことはないか？」

「……あります」

「だよな。綺麗だのハンサムだの言われても、嬉しいより、面倒事のほうが多くて……。特に俺は髪も目もこんなんだから、目立ってかなわん。かといって、玲史みたいに男にばかりモテるのも大変そうだが」

「う……」

　痛いところを突かれて、玲史は眉を寄せる。

　男にモテるのと女にモテるのなら絶対に女にモテるほうがいいに決まっているが、モテすぎて女嫌いになるといえばまた少し話が変わってくる。

どちらも同じくらい不幸な気がした。

「玲史、ここが日本でよかったなー。とりあえず、俺みたいにおおっぴらにアプローチされることはない。それだけでもずいぶん楽なんじゃないか？」

「道を歩いていると、声をかけられたりしますけど。中には、露骨にいくらならいいかと聞いてくる人もいるし……」

「それはお前、通りすがりの赤の他人だからできることだ。お互いその場かぎりなら、そういう性向なのがバレても問題ないと考えるだろ。知り合いだとそうはいかないから、どうしても慎重になる」

「確かに知り合いからはそういうのはないですけど…ボクの知り合いなんて少ないからなぁ」

中学までの同級生たちと、親戚のおじさんくらいだ。それだって、両親ともに東京《とうきょう》出身なので親戚づきあいは密ではない。いわゆる田舎の広い家がないから、同年代の従兄弟《いとこ》たちとも数年に一度しか会っていなかった。

本当なら高校生になって恋愛にやきもきするものかもしれないが、退学して家事手伝いとなってしまった玲史にその機会はなかった。

「実は、男もいけるというタイプは思っている以上に多いと思うんだよな。特に、突っ込むほうなら。玲史みたいに綺麗な顔で、体も細っこければよりハードルも下がるだろうし。……腕、細いな……」

隣に並んでのんびりと浴槽に凭れかかっていた龍一は、玲史の手を取って腕の細さを確かめるようにする。

「それに、白い。やわらかい…ふにふにだ」

「ふ、ふにふにってことはないかと……」

呟きながら玲史も自分の腕を触って揉み、それから差し出された龍一の腕も揉んでみる。

「……硬い…ガチガチ……」

「鍛えてるからな……」

「これと比べたら、確かにふにふにかも……」

もともと運動がそれほど好きではない玲史は、中学の部活動もパズル部だった。ピースを嵌めて元どおりにするパズルや、空いたマスに文字を当てはめるパズル、数独などいろいろなパズルに挑戦する。

遊び要素の多い部ではあるものの、かなり難解なものにも挑戦して楽しかった。

高校を早々に退学してからはそれこそ通学のために歩くことも、体育すらしなくなったので、玲史の筋力はかなり落ちているはずだった。

「そういえば中学生のときは、こんなにやわらかくなかったような……」

龍一と比べると、驚くほど自分の腕が細く、頼りなく感じられる。

毎朝ランニングをする龍一の肌は日焼けしているから、薄明かりのもとでの自分の腕の細さと白さに初めて気づいてギョッとした。

龍一が大柄で意外と逞《たくま》しいのも、自分が細身なのも分かっていたが、比べてみて思っていた以上の違いに愕然《がくぜん》とした感じである。

アメリカ人の父に似たという龍一は、自分とは骨格や筋肉の質自体が違うのだと改めて理解した気がする。

龍一が優しいから威圧感は感じなかったものの、自分には到底敵わない力と俊敏さをあわせもった肉体なのだと分かる。

それに、女の子たちが騒ぐのも納得の男の色気的なものが滴っていた。

「………」

今さらながら、龍一がすぐ隣に裸でいることを意識する。

体温が一気に上がり、妙にドキドキしてしまう自分をおかしく思いながらも、それがなぜかはもう知っている気がした。

龍一のような人間に特別扱いされ、甘やかされて、平気でいられるわけがない。

ずっと一緒にいれば、抱きしめられたり、額や頬へのキスも自分にだけ与えられていると気がつく。

ただ、龍一の特別扱いは恋人への愛情表現なのか、それとも親しくなったお隣さんや、弟分的な存在に対する庇護欲《ひごよく》なのかは判断できない。

けれど、モヤモヤしていた自分の龍一への気持ちが、どうやら恋愛としてのそれだということに今気がついてしまった。

隣の龍一のことを意識しすぎて、目を回しそうになる。

龍一が好きなのだと理解した今、裸で隣にいることに激しく動揺した。

胸の厚さや腕の太さ、何もかもが玲史とは違う。その逞しさと、首筋を伝う汗にドキリとし、玲史は一気に体温が上がるのを感じた。

龍一の腕に抱かれ、男らしく筋張った手に触ってほしいと思った。

それに、龍一の体に触れてみたいとも。

誰かに対してそんなふうに感じたのは初めてで、玲史は強い性衝動に激しく動揺した。

「ええっと…なんだかのぼせそうなので、先に上がってます」

「おー……」

気の抜けた声で返事をする龍一は、浴槽に凭れかかってリラックスしている。

玲史はザバッと湯から上がり、脱衣所に戻ってバスタオルに包まった。

「うー…暑い……」

龍一が来る前にと慌てて体を拭き、服を身に着ける。

パジャマ以外なら館内を歩いてもOKということなので、Tシャツと柔らかな素材のパンツだ。家ではそのまま寝てしまうこともある楽な格好だが、コンビニやスーパーくらいならなんの問題もない部屋着である。

服を着てホッとした玲史は、洗面台の椅子に座り込んで持参した水を飲む。

よく冷えたそれが喉を潤し、胃に落ちていくと、少し体温が下がる気がしてホッとした。

「…………」

龍一が来る前に部屋に逃げ帰りたいと思ってしまうが、それをするわけにはいかない。龍一に失礼だし、玲史を守るのが習い性になりつつあるのでうっかり単独行動をすると怒られそうな気がした。

玲史は気分が少し落ち着いたところで、今はっきりと気がついたばかりの感情について考え込む。

もう自分が龍一を好きだと…恋愛感情で、しかも性的にも惹かれているのだと理解していた。

ずいぶんと前から薄々とは気がついていながら、目を逸らしてきた感情である。

しかし龍一はどうなのか……。

玲史が特別扱いされているのは間違いないが、それがただのお隣さんに対するものなのか、恋愛感情を含んだものなのか判断できない。

ただのお隣さんに額や頬へのキスをするとは思えないが、玲史の陥った状況や、龍一の父がアメリカ人であることを考えると、スキンシップの延長ということも考えられた。

女の子たちに迂闊《うかつ》なことをすれば勘違いされるから自重しているだけで、龍一自身はスキンシップ慣れしているのかもしれない。

「でも、それなら内田や丸川にも、もっとベタベタするか……」

インターナショナルスクールの類《たぐい》には行ったことがないというだけあって、龍一の行動はごく普通の日本人のものだ。

だから、他の人にはスキンシップが過多ということもない。

それなのに玲史を慰めるときには膝の上に玲史を乗せ、額や頬に何度もキスをするから分からなくなる。

自分と同じ気持ちかもしれないという期待が、玲史の胸の内に存在している。

そうならいいと思うが、平然として一緒に風呂に入っていた龍一を考えると、それはないか……とも思う。

普通、好きな相手と裸でいたら、あんなふうに平然とはしていられないはずだ。

実際、玲史は途中で意識してしまって平常心ではいられなくなった。

「……やっぱり、弟扱い？　でも……」

期待する気持ちと、失望するかもしれない恐怖。

自分の考えに没頭していた玲史は、浴室の扉が開く音にビクリと体を震わせる。そしてドキドキしながら固まっていると、龍一が脱衣所に戻ってきた。

「顔が真っ赤だな。のぼせたか？」

「少し…湯あたりしやすくて」

温泉に未練はあるが、これを理由に次から一緒に浸かるのは辞退しようと決める。ソワソワドキドキで落ち着かないし、体におかしな変化でもあったら困る。何より、湯あたり以外の理由で目を回しそうだった。

玲史は龍一のほうに視線を向けないよう気をつけながら、ひたすら水を飲んで冷静さを取り戻そうとした。

★
★
★

二日目は七時の朝食のあと、九時から練習が始まる。

広大な土地が恨めしいと言いながらのランニングに、腹筋、背筋…時間があるからトレーニングの種類も増えて部員たちは悲鳴を上げていた。

「大変だなぁ」

「この前の全日本で悔しい思いをしたから、文句を言いながらもやる気満々だね。あと少しで全国大会進出だったし」

「あら、そのあと少しが大変なのよ。でも、まぁ、やる気があるのはいいことよね」

玲史たちマネージャーは、飲み物の準備を終えると次は昼食作りである。泣き言を漏らしながらトレーニングする彼らを置いて、ホテルの厨房へと向かう。

部員たちは一日二回もあるトレーニングに悲鳴を上げることになるが、玲史たちマネージャーが大変なのは洗濯と昼食作りだけである。

とにかく五十人分と量が多いので、どちらもなかなかの大仕事だ。

しかし三人で力を合わせたし、先輩二人が料理のできる人だったので昼食作りも他の部のように苦労しなくてすんだ。

食材はホテルを通じて発注ずみだからわざわざ買い出しに行かなくてもすみ、覚悟していたほど大変じゃないという印象である。

一回目の昼食には、定番のカレーを作った。

給食で使っていたような巨大な寸胴で作るのは初めてだから、なかなか楽しい。業務用の一キロもあるカレールーを見るのも初めてで、先輩の指示でいくらなんでも多すぎるだろうと思える量を作った。

しかし朝食の後、思いっきり体を動かした部員たちの食欲は旺盛で、女の子たちまでお代わりをしたからカレーもご飯も綺麗になくなってしまう。

特によく食べる部員たちは、途中でご飯をカレー鍋に入れて炒飯状にしたものを奪い合うようにして食べ尽くした。

おかげで鍋もピカピカになり、洗うのがとても楽だった。

「いや、もう、すごいの一言……」

唖然《あぜん》とした玲史の言葉に笑い声が漏れ、美味しかったからだよと礼を言われる。

なので今日の三時のおやつは焼きプリンですと伝えると、女の子たちから喜びの声が上がった。

「そういうお楽しみがあるなら、がんばれる！」

「午後から、またトレーニングだもんね。明日の朝、起きるのが怖いよ～」

「すっごい筋肉痛になってるから、覚悟しなさい。私なんて去年、階段を下りられなかったのよ」

「うわー」

「いやーっ」

悲鳴を上げながらも、みんな楽しそうだ。

「その状態で、県警に訪問練習だもの。あの人たち、鬼みたいに強いのよ。県のトップクラスの人たちが集まってるから」

「女なんてまだマシだ。男は機動隊の、ガチでムキムキの人たちに扱かれるんだぞ。ものすごい勉強になるが、ちょっと涙出る……」

「鍛えるのが仕事なうえに、実力は大人と子供だもんなぁ…なのに、子供に教えるみたいに優しくないし。当たり前だけど」

「どS《エス》集団…まぁ、剣道をやるようなやつは、基本Sか……。佐木は去年、揉まれまくってたよなー」

「ああ、曽祖父の知り合いが多いんですよ。この世界は狭いし、俺も子供の頃はあちこち曽祖父に連れていかれましたから。この見た目だと、覚えられやすくて」

「故、佐木祥三郎《しょうさぶろう》氏か…剣道一筋の達人だな」

「子供がいなかったからか、ずいぶん可愛がってもらいました。剣道をしているとき以外は、優しい人でしたよ」

昼食のあと、まったりしながらそんなことを話し、練習開始の時間になる。

部員たちは食堂を出ていき、玲史たちマネージャーは昼食で使った大量の食器を洗い始めた。

「り、量が…いちいち、量がすごい……」

「洗濯物も、なかなかだよ。四十六人分の、汗だくのトレーニングウエアや道着が山になるから。汗まみれの服…つらい」

せっせと洗い物をしながら悲しそうに呟く奈良崎に、玲史は笑う。

「なんとなく、臭そうですよね」

「じっとり湿ってるのがねぇ…ビッショリ濡れてるのも嫌だけど」

「一日二回の洗濯かぁ」

奈良崎がマネージャーの増員を希望していたのも納得だと、玲史は頷く。

「個人個人でやらせたら、洗濯機を占領することになって申し訳ないからね。それに、汗まみれのまま何日分も溜められても困るし」

「く、臭そう……」

「ズボラなやつだと、乾いたからといってまた着たり、そのまま鞄に突っ込んでカビさせたりするんだよ。ボクたちがとっとと洗濯しちゃうのが一番なんだ」

「大変ですねぇ」

「まったく。もう子供じゃないんだから、しっかりしてもらいたいもんだよね」

そう言いながらも奈良崎は笑っている。マネージャーになるだけあって、世話を焼くのは嫌いではなさそうだった。

玲史にもその気質があるので、よく分かる。仕方ないなぁと言いながらも、ストレスにはならずにすむタイプだ。

剣道部の部員たちにはよくしてもらっている自覚があるだけに、余計苦にならない。

「それじゃ、がんばってオヤツ作りしましょうか」

「そうだねー。きっちり人数分だよ。でないと争いになるから」

「……子供か」

思わず漏れた言葉に、まったくねーと笑い合った。

★
★
★

三日目の県警との練習は、聞きしに勝る…という感じだった。

玲史たちマネージャーはやることがないから見学していただけだが、一目で分かる実力者揃いなので見応えがある。

素振りからして、もう鋭さが違うのである。

部員たちはみんな、彼らに必死で食らいつこうとしている。

入ったばかりだからまだまだ初心者の一年生も、これがどれだけ貴重な体験か理解して懸命についていこうとしていた。

午後からの数時間ではあるが、実に濃密で充実した練習となる。

龍一も歴戦の猛者たちを相手に、集中して竹刀を交わしていた。

全国大会で大学生の三位になった龍一でさえ彼らの前では形なしで、気持ちいいほど綺麗な一本を決められてしまう。

「……鬼みたいに強い」

「そりゃあ、日本選手権で上位に残る人たちだからねー。おまけに凶悪犯と対峙するための訓練を受けている機動隊員…そうそう勝てるような相手じゃないよ」

バシバシ一本を決められながらも、龍一は楽しそうだ。

真剣な…だが口元に笑みを浮かべながら目を輝かせる龍一に、玲史もつられるようにして微笑みながら見とれた。


四日目は丸一日休みで、バスに乗って遊園地に行く。絶叫系のコースターとお化け屋敷が有名な大型遊園地だ。

気の合う面々で三々五々に散り、帰りの集合時間まで自由に過ごしていいことになっている。

女の子たちに囲まれるとばかり思っていた龍一だが、この四ヵ月の間で女子部員の意識も変わってきているらしい。

最初は龍一目当てだったはずの一年生も、どうせ拒否されるのは分かっているからと付きまとうようなことはしなかった。

その代わり、園内で偶然会ったときは手を振り返してもらえたり、普通に話してもらえたりするから、それでわりと満足できるらしい。

だから龍一にとってはむしろ知らない女の子たちからのアタックのほうが問題で、男ばかり十人のグループを作ってその中に紛れるようにしていた。

玲史たち一年生と、龍一たち二年生の混合グループである。大学でも学食などで一緒にいることが多いから、互いに気心が知れている。

園内マップを見ながらあっちだとこっちだとアトラクションに乗って回り、お化け屋敷で悲鳴を上げて、帰りの時間までたっぷり楽しんだ。

龍一も子供のようにはしゃぎ、楽しんでいた。

さすがに十人もの塊でいると声をかけてくる女の子たちもいなくて、鬱陶しくなくていいとご機嫌だったのである。

部員たちも心得たもので、なるべく龍一を真ん中に配置したり、人混みに背を向ける形で並んだりした。

残りの三日間はまた練習三昧《ざんまい》だが、帰る前の日には花火というお楽しみがある。

部員たちにはかなり大変な日々になるから、せめておやつは豪勢にしてあげようとマネージャーたちが力を合わせて作ることにする。

ホットケーキにミルクプリン、チーズケーキを予定し、材料は甘いもの好きの顧問が車を借りて買いに行ってくれることになっていた。

駅の近くにある道の駅では旬の果物や新鮮で濃厚な牛乳やチーズを売っているので、それほど予算をかけなくても美味しいデザートが作れる。

玲史にとっての夏合宿は、思った以上に楽しいものだった。

先輩マネージャーたちと協力しながら飲み物の準備や洗濯、それに昼食の準備をこなす。

合宿だから真面目にトレーニングも練習もするが、夜はトランプなどをして親睦を深める。大学の設備だし、未成年がいるグループにはアルコールが提供されないから、和《なご》やかなものだった。

部員たちにオヤツを提供したあと、三人がかりで洗濯物を運んで、次から次へと洗濯機に投入していく。一応、他の人が使えるように一台は空けておいて、あとはフル活用しての洗濯だ。洗濯が終わった端から乾燥機に移すのだが、これは玲史一人での作業である。先輩二人は体育館に行って、飲み物の補充などをしていた。

乾燥が終わる頃に戻ってきて、一緒に洗濯物を運ぶのである。

道着はさすがに嵩張るし重いから一人で捌くのは大変で、乾燥機に移し終わるとホッとする。しかしすぐに最初に入れたやつが終わるから、乾燥機が停まった端から畳んで籠の中に入れていく。

他の部員たちの道着は体育館の物入れに置かせてもらうのだが、龍一のは盗難の恐れがあるとのことで玲史が部屋に持ち帰ることになっている。

だから畳んでいた龍一の道着は、脇に避けて区別した。

奥にあるテーブルでせっせと畳んでいると、いきなり羽交い絞めにされて引き倒された。

「――――!?」

何が起きたのか分からず目をギュッと瞑り、打ちつけた背中が痛みを訴えている。

「な、何……？」

呆然としながら目を開けると、頭から目出し帽を被り、サングラスをかけている男がいる。

完全に隠されている顔に、玲史はギョッとした。

あからさまに不審で、犯罪者にしか見えない姿だ。しかもそんな男に、人気の少ない建物の一番奥にある洗濯室で床に押し倒されている。

「ハーフ野郎のセフレなら、抱かれ慣れてるんだろ」

声を抑えているし、目出し帽のせいでくぐもっていたから分かりにくいが、どこかで聞いたことのある声だった。

「だ、誰……？」

玲史が震える声でそう聞くと、男はフンッと鼻で笑って「おとなしくしろよ」と囁いた。

そして胸元にかけた手でシャツを破かれ、とっさに悲鳴を上げようとした口を手で塞がれる。

「うぅーっ!!」

手はひとまとめにして押さえつけられ、足の上に乗られている。

体格で圧倒されている相手に押さえ込まれては暴れることもできず、おまけに腕力にも大きな差があるから、まとめた手を顔の上に持ってこられて自分の手で自分の口を塞ぐことになってしまった。

グイグイと押しつけられるから顔が痛いが、そんなことを気にしていられる状況にない。

シャツを破られ、剥き出しになった胸を撫で回されて鳥肌が立ち、あまりの気持ち悪さにゾッとした。

ねっとりと這い回るそれが小さな突起に触れ、指の腹で擦ったり摘んだりする。

執拗さが感じられるそれに玲史はなんとか逃れようと暴れるが、上から体重をかけて押さえ込まれては敵うわけがない。

両方の乳首を弄られてから下肢に移った手がジーンズのボタンを外すと、玲史はまずいまずいと危機感を募らせる。

まさかという思いと、相手の目的はそれしかないという恐怖で頭の中はいっぱいだ。

蒼白になって必死に手足に力を入れていると、足音が近づいてくるのが聞こえた。

「野間くん、そろそろ乾燥終わった……って、あれ？　どこ行った？」

玲史がこんな目に遭っていると思わないから、呑気な声である。

玲史は危機を脱するチャンスにうーうーと唸り声を上げ、なんとか動かせる足を使って床をバンバンと蹴った。

逃げるのは無理でも、音を出すくらいならできる。

思ったよりも響いたその音に、奈良崎も気がついたようである。足音が近づいてきて、覗き込んでくる。

「え？　野間くん、なんでそんなところに……」

玲史が床に押し倒されているのを見た奈良崎が慌てて近づいてくると、男は玲史の上から飛び退いた。

そして奈良崎とは反対の方向に逃げ出した。

「え？　え？　何？　どういうこと？　今の男はいったいなんなんだ？」

玲史同様、奈良崎も混乱しているようである。

しかし玲史が小さく身を縮めて震えているのに気がつき、側へ駆け寄ってきた。

「だ、大丈夫？　いったい何が……」

問いかけの言葉が途中で消えたのは、破れたシャツや外されたジーンズのボタンで答えが分かったからである。

「あの男っ！」

奈良崎は視線を扉のほうに向けるが、男はとっくの昔に逃げ出している。

真っ青な顔でガタガタと震えている玲史の体を起こすと、手を握ってくれた。

「もう大丈夫。あの男は逃げたよ」

「………」

「三好先輩に言って、佐木に来てもらうから。そのほうがいいだろう？」

龍一の名前に玲史は顔を上げ、奈良崎を見る。

こんな姿を見られるのは嫌だったが、激しく動揺し、怯えてもいる自分が安心できるのは龍

る。

一の側だけだった。

玲史がコクリと頷くと、奈良崎はズボンのポケットからスマホを取り出して三好に電話をする。

そして洗濯室に龍一に来てもらうよう伝えた。

「すぐに来てくれるからね」

「は……い……。奈良崎先輩、ありがとうございます……」

「ううん、一人にしちゃってごめんね。野間くんは綺麗だから、変な男に目をつけられやすいのは分かっていたのに」

「………」

なんとも返事に困る言葉に、玲史は複雑な心境になる。

ストーカーのことは部員の誰もが知っていたが、大学から遠く離れたこの場所では大丈夫だろうと思っていた。

玲史だけでなく龍一もそれは同じで、でなければ奈良崎と行動をともにしろとうるさかったはずである。

誰しもが油断していた状況で襲われてしまったことに、玲史は大きなショックを受けていた。

今さらながら、自分はその手の人間に目をつけられやすいのだと実感する。

男に襲われたのは二回目。どちらも未遂ですんだのは幸運だったが、日常生活を脅かされた恐怖感は大きかった。

震えが治まらないまま奈良崎に手を握られていると、ダダダッという足音ともに龍一が駆け込んでくる。

玲史の様子を見てすぐに何があったか察したようで、強く抱きしめられた。

「大丈夫か？　大丈夫だな⁉」

「は、はい…大丈夫、です……」

「よかった……。油断していて悪かった。まさか、こんなところで襲われるとは考えもしなかった」

「………」

龍一の腕の中に抱きしめられていると、本当にもう大丈夫なのだと思うことができる。

玲史の緊張が少し解れたのを感じてか、龍一は脇に避けられた自分の道着を掴んで玲史の頭から被らせる。

腕の中に抱き上げ、奈良崎に言う。

「玲史の気分が悪いから、早退します。同室の俺が、責任を持って付き添いますので。みんなには、詳しいことは言わないでください」

「分かった。うまくやるよ」

「よろしくお願いします」

龍一はそう言って歩き始め、洗濯室を出る。

玲史はいまだ動揺が収まらないまま、震える声で言った。

「じ、自分で、歩けます……」

「まだ体が震えてるくせに、無理をするな。見られるのが恥ずかしいなら、俺の道着で顔を隠せばいい」

「……………」

ほぼ満室というだけあって、結構な人数が宿泊している。

午後の中途半端な時間でもそれなりに人数がいて、体育館を飛び出した龍一を探している女の子もいるだろうから見られたくない。

玲史は手を伸ばして龍一の道着を引っ張り、顔を隠すようにして身を縮めた。

「……しまった。ルームキー、荷物の中だ。体育館に置きっぱなしにしてきた…あとで奈良崎さんに持ってきてもらうことにして、玲史、ルームキー持ってるか?」

「持ってます」

「なら、問題ないな」

何気ない日常的な会話が、玲史にまた少し落ち着きを取り戻させる。

しかしやはり恐怖心が完全になくなったわけではなく、龍一の腕に抱かれている今も、あの男がどこかから見ているかもしれないと思うと怖くてたまらなかった。

正体が分からないだけに恐ろしい。

後ろからいきなり襲われたからよく分からなかったが、龍一ほどではないにしろかなりの長身でガッシリしていた気がする。

剣道部の他にも合宿に来ている部が二つだか三つだかあるはずだから、彼らだろうかとも考えた。

あの男のことを考えると体がブルリと震え、それに気づいて龍一の歩調が速まった。

自分たちの部屋に着くと玲史はジーンズのポケットからルームキーを取り出し、龍一はそれで扉を開ける。そしてそのまま部屋を突っ切り、隣の部屋に移動した。

龍一は玲史を抱いたままソファーに座り込むと、頭から被っていた道着を下ろして顔を覗き込んだ。

「顔色が悪い。気分は？」

「大、丈夫…です」

「そうか、よかった…もう大丈夫だから、安心しろ。ここは、俺たちの部屋だからな」

そう優しく囁きながら、龍一は玲史の額や頬にキスをする。

玲史は龍一にギュウギュウとしがみつき、「怖かった」と呟いた。

「怖くない、大丈夫だ。もう大丈夫」

暗示をかけるように何度も囁かれ、背中を撫でられ、キスをされて、龍一の触れたところから安心感が染み込んでくる気がした。

　少しずつ緊張を解いていった玲史は、全身から力を抜いて龍一にクッタリと凭れかかった。

　落ち着いたと見た龍一が、玲史をソッと膝の上からソファーへと移す。そして立ち上がって冷蔵庫から水を取り出し、玲史に飲ませた。

　冷たい水が喉を通り、玲史はふうっと吐息を漏らす。

「落ち着いたか？　何があったか、言えるか？」

「はい……。乾燥した洗濯物を畳んでいたら…いきなり後ろから羽交い絞めにされて、床に倒されました。シャツ、破られて…ジーンズのボタンを外されて…奈良崎先輩が来てくれなかったらと思うと、ゾッとします……」

「どんなやつだった？　顔は？」

「見ていません…スキーマスクみたいな…目出し帽を被っていて、サングラスまでかけていたから、本当に何一つ見えなくて……。声になんとなく聞き覚えがあったんですけど、押し殺していたし、本当に聞き覚えがあるといったレベルで……」

「誰とは特定できない？」

「……はい。芸能人の声だって、聞き覚えがあるじゃないですか？　そういうレベルな感じです……」

「何か手がかりになるようなことはないか？」

「すみません……」

本当に何もかもがあっという間で、犯人の手がかりになるようなことは一つも思い出せない。玲史が恐縮して謝罪すると、龍一は苦笑した。

「いや、玲史が謝るようなことじゃない。……にしても、ここに泊まってる人間に間違いないよな。だが、誰が泊まってるかなんていうリストをホテル側がくれるわけもない」

「あの男…大学での嫌がらせと同じこと、言いました……。聞き覚えがあるのも、すれ違いざまに悪口を言った男だったからかも……」

「それは…ますます問題だな」

つまりわざわざここまで追いかけてきたか、たまたま一緒になったのをチャンスと見て襲ったことになる。

どちらにしろ、玲史に対する執拗なまでの執心を感じさせた。

「警察は……」

「絶対、嫌です！」

龍一の言葉を遮るようにして言う玲史に、龍一は肩を竦める。

「やっぱりか。しかしそうなると、ガードを固めることしかできないぞ。偶然か追いかけてきたのかは分からないが、こんなところに来てまで襲ってくるやつがそう簡単に諦めるとは思えない」

「はい……」

「とにかく、相手が誰なのか判明しないことには何もできないな。ご両親に相談するのは……」

「い、嫌…です……」

「だよな」

困ったものだと呟きながら、龍一は甘やかすように玲史を抱き寄せ、背中を撫でる。

「綺麗な女の子、大学にはたくさんいるのに…どうしてボクを……」

「好みは人それぞれだから。玲史はある種の人間に好まれるタイプなんだよ。困ったことに」

「内田や丸川みたいになりたいのに……」

「あいつらだって、あいつらなりの悩みはあるぞ？　悩みがない人間なんて、いないんだから。他人を羨ましがっても仕方ないから、自分の悩みを取り除き、環境をよくする努力をしないと」

「はい……」

分かっていても、実行するのが難しいことはある。

今の玲史にとっては男にストーカーされているのを両親に相談することがそれで、過去の出来事から心配性になっている両親に、男に襲われたと言うのはつらかった。

「夏休みが終わって…また大学が始まったら……それでも嫌がらせが収まらなかったら、両親に相談します。それじゃ、ダメですか？」

「うーん…手を打つなら早いほうがいいと思うが……」

「でも、夏休みは長いから、その間に飽きるかも……。他に、もっと興味を引かれるものが見つかる可能性も……」

玲史の希望的観測が多大に込められたお願いに、龍一の苦笑は深まった。

「仕方ないな。だが、九月になってもまだ嫌がらせをされるようだったら、もうダメだぞ。分かったな?」

「はい」

これで夏休みが終わるまでは…もしかしたら両親に言わなくてすむかもしれないと思い、玲史はホッと胸を撫で下ろす。

力を抜いて龍一の胸に凭れかかったまま、今はただ背中を撫でてくれる優しい感触に浸っていたかった。

洗濯室の事件が起きてからは一度たりとも一人になることがなかったおかげで夏合宿はなんとか無事に終わったものの、実力行使に及ばれそうになった玲史はビクビクだ。

以前よりもずっと臆病に、慎重になり、せっかくの夏休みも引きこもりがちだった。

龍一や内田たちが誘ってくれるときは出かけるが、家まで送り迎えさせるのが申し訳ないからどうしても出不精になってしまう。

幸いにしてひどい猛暑だったから、両親も玲史がろくに外出しないのを不思議に思うこともなかった。

★
★
★

龍一もあまりの暑さに家で勉強をしていることが多く、玲史のところに来て一緒に夕飯作りをしていたので安心したのかもしれない。

勉強の気分転換に夕食メニューを検索することが多くなったという龍一から、この暑いのに焼きカレーが食べたいというリクエストが来た。

スパイシーで辛めのカレーとたっぷりのチーズ、素揚げした野菜を添えるという面倒なメニューである。

わざわざＩＨ用の大きな鉄鍋を購入してのリクエストに玲史も嫌だと言えず、少し涼しくなってから二人で買い出しに出かけた。

「チーズは、とろけるやつにチェダーをミックスして濃厚にしたい。サラダもつけたほうがいいかな〜？」

「野菜は多目に摂るに越したことはないような…カレーがこってりだから、サッパリ和風ドレッシングとかいいかもしれませんね」

「あ、俺がドレッシングを作る。今、ちょっと嵌まってるんだよー。あと、忘れずに福神漬けも買って…っと」

今や料理が趣味になっている龍一は、凝るタイプだ。あちこちの料理サイトを覗いているせいか、マヨネーズやドレッシングを手作りするようになっている。

今が夏休みで時間に余裕があることもあって、着々とスキルアップしていた。

ただやはり火加減や料理を仕上げるタイミングを掴むのは難しいらしく、玲史の指導のもとで鍋を振っている状態である。

「メロンとトマトが安い。七生くんにも教えてあげなきゃ」

漫画家をしている従兄弟の家に下宿している七生は、アシスタントたちの食事を作っているから買い込む食材の量も多いらしい。ケチるつもりはないが節約できるところはしたいとのことで、スーパーにもマメに通っているとのことだった。

七生からのお買い得情報で助かっている玲史も、気がついたときにはメールを送るようにしていた。

食材をたっぷりと買い込んで、パンパンに膨れた買い物袋を提げての帰り道。

龍一と話しながら歩いていた玲史は、名前を呼ばれてそちらのほうを向いた。

「えっ……」

相手を見たとたん、玲史の顔が青くなり、全身の血がザッと下に落ちるような感覚がある。

忘れたいのに忘れられない、玲史にトラウマを植えつけた尾形が立っていた。

尾形はにこやかな笑顔を浮かべながらも玲史をねめつけ、それから龍一にチラリと視線を向ける。

「なんだよ、この男。お前の男か～？　いや、運動バカのうちの一人だよな。大学生にもなって、汗臭い剣道なんてよくやるよ。お前も、なんだってマネージャーになんかなるかね。この男のせいか？　いくらお隣さんとはいえ、ずいぶん仲良さそうじゃないか」

言っている内容と、感じのいい朗らかな笑みが合っていない。

玲史を見据える目に暗いものが潜んでいるのは、高校のときと変わっていなかった。年相応に大人びた容姿になっているのに、玲史に対する歪んだ欲望は薄れていないらしい。

それよりも気持ちが悪いのは、尾形が玲史の事情に詳しいことだ。剣道部のマネージャーをやっているのも、龍一との関係性も知っているのである。

何より、自分の住む街で会ったのが偶然とはとても思えなかった。

「ずいぶんと失礼だな。キミは誰なんだ」

龍一の問いかけに、尾形はフンッと鼻で笑う。

「あんたには関係ないだろ」

「いきなり現れて侮辱的なことを言っておいて、関係ないも何もない。それに、なぜ俺が剣道部で、玲史がマネージャーだと知ってる？」

「同じ大学だからな。俺は経済学部だけど、法学部のイケメンハーフは有名だぜ。モテモテのハーフ剣士が綺麗な一年を寵愛しているとは聞いてたけど、まさか玲史とは思わなかった。なんでお前、男のセフレなんてやってるんだよ」

「セフレじゃない！」

反射的に否定して、尾形をキッと睨みつける。尾形への恐怖が刷り込まれているが、下世話な言葉をそのままにしておきたくなかった。

けれどやはり体が震え、龍一が自分の後ろに庇《かば》うようにしてくれたのが嬉しい。

「本当に失礼なやつだな。どう見ても玲史は、キミのことを歓迎しているように見えないが。いったい何者なんだ」

「玲史のこと、呼び捨てかよ！」

「悪いか？」

「ああ、悪いね。偉そうに、なんなんだお前」

「それは、こっちのセリフだ。いきなり現れて、失礼極まりない」

「俺は、玲史の友達だよ。そうだよな？　高校のときからずっと引きこもりで、俺以外友達なんていないもんな」

「……」

その言葉とともに全身を舐めるような目で見つめられ、ニヤリと笑われて、玲史は顔面蒼白である。

小さな声で「違う」と呟き、フルフルと首を横に振った。

「玲史は違うと言っているぞ。だいたい、玲史は高校も早々と――…そうか、キミが尾形という男か。高校のときに、玲史に嫌がらせをしただろう？」

「仲良くしてやっただけだ」

「玲史にとっては、嫌がらせとしか思えなかったようだが？　当然のことながら、キミを嫌っている様子だし。つきまとうのは、やめてあげてくれ。今のこれだって、偶然じゃないんだろう？　以前のこともあるし、度を越せばストーカーとして通報するぞ」

「なんだと！」

「大きな声を出さないでほしいな。とにかく、こちらとしてはキミとかかわるのはごめんだから。失礼」

龍一は玲史の肩を抱き、尾形に背を向けて歩きだす。

後ろから強い視線を感じて玲史が思わず振り返りそうになると、龍一の手が頭を撫でてそれを止めた。

「見るな。やつが調子に乗るぞ」

「……………」

竦みあがりそうになる足を必死に動かして、自分たちのマンションに戻る。そしてフロントの人間に心配されながらエレベーターに乗り、部屋に入った。

玄関の扉を閉めたとたんへたり込みそうになった玲史の腰を支え、龍一が抱えるようにしてリビングのソファーまで運ぶ。

「大丈夫、怖くない。あいつはここに入って来られないし、何もできない。大丈夫だ」

優しく抱きしめられながら、額や頬へのキスを繰り返される。

触れたときの優しい感触とぬくもりが、玲史を徐々に落ち着かせていった。

こうされると、玲史は安心できるのである。

だから龍一は玲史を自分の膝に乗せ、ピッタリと密着したまま玲史に聞く。

「高校を退学してから、あいつに会ったことあるか？」

「ない……です」

「一度も？」

「一度も」

「じゃあ、やっぱり偶然は考えられないいな。だが、だとしたら玲史の住所を知っているということになるが…なぜだ？　普通、個人情報の類はしっかりガードされているよな？」

「高校のクラスでも、もらったのは名前のリストだけで、電話番号すら載っていませんでした。学校からの連絡は、メールで一斉送信だし…入学早々の入院で連絡先を交換するような相手も作れないまま退学したし。ボクの電話番号やメールアドレスを知っているのは大学での友達やマネージャー仲間の先輩ですけど、住所を知っているのは内田と丸川くらいですよ」

「いや、もう一人…玲史のストーカーも住所を知ってるよな。アイコラ写真を送ってきたんだから」

「そういえば……」

結構前のことで、しかもそれ一度きりだから忘れていた。

「しかし…問題だな。偶然じゃなければ大学からつけてきたか、調査会社に金を払って調べさせたことになる。学生が気軽に依頼できるような額じゃないが、もしかしてあいつ、金持ちか？」

「たしか父親が会社社長で、お小遣いはキャッシュカードで好きなだけ…とか聞いた覚えがあるような……。自慢話、山ほど聞かされたし。奢ってやるから寄り道していこうってしつこかった……」

「それは、嫌がらせじゃないだろ。純粋に仲良くなりたかったんじゃないのか？」

「でもボクは退院してまだ気軽に歩き回れないし、クラスの輪の中に入っていけなくて気疲れしてるしで……。しかも尾形ってバレー部の次代のエース候補だったから、部活も真面目に出なきゃいけないはずなのに…サボるから大丈夫だって言われても、困ります」

「……いや、それって、本気の誘いじゃないか？　次代のエース候補って言われてる一年生が練習をサボるって、なかなかの勇気がいるぞ」

「え？　うーん…そうなんですか？　そう言われてみると…でも尾形、えらそうだったからなぁ。バレー部も強豪っていうほどじゃなかったから、部活なんて適当でいいんだよって言ってました。自分を王様みたいに思ってるような態度が苦手で……」

「俺様ってやつか」

「ああ、そうです。そんな感じ。顔がよくて、お金もあって、友達もたくさんいるから仕方ないのかもしれませんけど」

「お山の大将になりやすいわけか…しかし小遣いが好きなだけとなると、調査会社の可能性もあるな。大学からはずっと俺と一緒に帰っていたわけだし。一応、人の視線には敏感なほうだから、あとをつけてくれれば気がつく」

「そうなんですか？」

「ああ。女の熱っぽい視線とは違うだろうけど、その点に関しては自信があるぞ。つけてくる女たちを、何度も撒いてきた経験があるからね」

「た、大変ですね……」

「もう慣れた。……それより、気になるのはこのタイミングと、あいつが言っていた言葉だ。

裏掲示板を見たのかもしれないが、玲史への嫌がらせと同じようなことを言ってたような」

「そう…ですね」

「しかも、なんていうか…堂に入っていた。借りものじゃなく、自分の言葉というか…あいつが玲史に気がついたのって、いつなんだろうな。それによっては、嫌がらせの犯人ということもありえるんだが……」

「でも、すれ違いに悪口を言われたときに後ろ姿を見ましたけど、尾形とは違いましたよ。髪の色がもっと明るくて、背ももう少し低かったような……。というか、たぶん嫌がらせをしているのって、一人じゃないと思います」

「あいつがどんなやつか、聞いてみるか。確か、経済の一年が三人いたな……」

龍一はスマホを取り出すと、文章を打って送信する。

「みんなのアドレスを知ってるんですか？」

「剣道部の男子部員のは全員な。女のは面倒だから、全員知らないことになってる。……おっと、もう返事が来始めた」

龍一が返信を読んでいる間にも、次のメールが入ってくる。

「尾形は、有名な遊びサークルに入っているそうだ。あまりタチがよくないことで知られているサークルで、小遣いに不自由してないから人気があるらしい。軽薄な遊び仲間がたくさんいて、目立つ存在だってよ」

「……高校のときよりもひどくなってるような……」

「大学に入るといろいろな制約がなくなるからな…弾けるやつはどこまでも弾ける」

「なるほどー……」

「……おっと。三人に、玲史への嫌がらせをするタイプかと聞いたら、三人ともイエスの返事が来たぞ。女も男も見境いのない無節操なタイプが集まっていて、バカなノリのまま面白がってやりそうだと」

「うわー……」

面白がって集団で嫌がらせをするとは、玲史には理解のできない人種である。

高校のときにはなかった荒んだような、実に嫌な感じの表情もそれでかと納得する。

もともとの気質に加え、周りを不道徳で淫蕩に耽るような人間で固められれば、染まるのは早い。

「そういえば…今思い返してみると、合宿で襲ってきた男の声…尾形に似ているような……」

「そうなのか？」

「もともと聞き覚えがある声ではあったんですけど、誰かは分からなくて…でも、すごく似てました。それに、上背のあるガッシリした体格も……」

思い出すと悪寒が走るように震えるが、龍一が抱きしめてくれているから怖くはない。

「しかし…あいつ、遊びサークルだろ？　あのとき、あそこで合宿してたのは体育会系だけだったぞ。大学の施設でバカはできないからな。一般で泊まってた可能性もあるが…尾形というやつが飲酒もできないところを好むとは思えないから、そうなると本当に玲史を襲うためだけに泊まったということになるんだが……」

「……」

そう言われて、玲史の腕にゾッと鳥肌が立つ。

ストーカーと尾形が別人と考えるより、同一人物と考えるほうが人数が減る分まだマシだが、三年間もひきずっていたのかと思うとその執念深さに恐怖心が増す。

決着をつけないままに逃げ出した玲史にとって尾形は抜けない棘《とげ》で、今、それがまた痛み始めている。

「ようやくがんばろう、楽しいって思えるようになったのに……。なんで、よりによって尾形が……」

「同じ大学になるとは、運が悪い。あいつがどこに進学するかの情報もなかったわけだから、避けようもないが。でも、うちの大学に入ったおかげで味方もたくさんいるじゃないか」

「味方？」

「剣道部の部員や法学部の一年、それに、もちろん俺も。尾形なんかに手出しはさせないから、安心していい」

「……はい」

みんなには何度も助けられ、支えられている。

しかし玲史にとっての一番は龍一だ。龍一がいなければ今の人間関係はないし、人付き合いに臆病になりがちな玲史が積極的に他の学生たちと交流できたとは思えない。

「龍一さんがいてくれて、よかった……。隣に越してくれて、嬉しいです」

その言葉に、龍一は優しく笑う。

「俺もだ。念願の一人暮らしができたうえに、家事の先生がいてくれたおかげで料理に目覚めたからな。これが、実に楽しい。今年中にオリジナル料理を作って、玲史に旨いと言わせるのが目標だ」

思わずクスクスと笑って、玲史は言う。

「オリジナルってつけるなら、既存のものをちょっとアレンジしたくらいじゃ認めませんよ。それってすごくハードルが高いと思うんですけど」

「だから、やりがいがあるんだろ」

玲史の厳しい要求に龍一はニヤリと笑ってみせ、すごいのを作ってみせるから待ってろと高らかに宣言した。

★
★
★

尾形と出会ってからというもの、玲史は本格的に引きこもり状態になった。

内田や丸川からの誘いを断り、買い物は龍一にお願いして家の中で過ごす。おかげでレポートの類はすべて終わり、毎日読書とテレビ鑑賞の日々である。

録り溜めてあったドラマが着々と消費され、大学に入学してから容量のいっぱいまで入っていたのを半分まで減らした。

しかし完全な引きこもりをするのは初めてなので一週間もすると息苦しさを感じ、十日くらいで限界を感じ始める。

龍一はそれに気がついたのか、両親ともに遅くなるという日、閉じこもりきりじゃ体に悪いから遊びに行こうと誘う。

近場で尾形に会うかもしれないのが怖いなら、少し足を延ばせばいいと言う。

それで郊外のアウトレットに行き、買い物をしたり映画を観たりして遊んだ。

夕食で入ったビストロでは、車じゃないからと龍一はワインをデカンタで頼み、玲史も一杯だけ飲ませてもらう。

こぢんまりとした店だがボリュームがあって美味しく、龍一の勧めで生まれて初めてエスカルゴを食べることになった。

「……あれ？　美味しい…つぶ貝みたいだ」

「まぁ、これも貝だから、似てるよな。バターとバジル、ガーリックの組み合わせが旨い」

「そっか…カタツムリって、貝か……うう、考えたくない。小学生のとき、ちょっと飼ってたこともあるし」

「考えない、考えない。それに、それとは違う品種だろうし。……お、牛頬肉の煮込みがきたぞ。これ、旨いんだよなー。今度、作ってみるか。でも、頬肉やらテールやらは、どこで買えるんだ？」

「専門店？　とりあえず、スーパーやお肉屋さんでは見たことないですねぇ」

「だよな。帰ったら、調べてみよう。俺、煮込み系、好きなんだよ」

「龍一さんはすごく真面目に作るから、美味しいですもんね。うちの父が、またビーフシチューが食べたいって言ってました」

「嬉しい言葉だなー。よーし、頬肉を買ってきて、作ってみよう。トロットロに柔らかくしてやるぞ」

「がんばってください」

　気合の入った龍一が作る料理は美味しいから、玲史としても楽しみだ。それに自分で作ったものよりも、他の人が作ってくれたもののほうが美味しく感じられる。

　ワインはほんの一杯で、しかも少なめに注いでもらったのをチビチビと時間をかけて飲んでいたのだが、慣れない体にはよく回る。

龍一は話し上手で楽しい相手だし、こんなふうにデートみたいなことができるのは嬉しい。アルコールと浮かれた気分とで、玲史は久しぶりに屈託のない時間を過ごした。

自宅から離れた場所というのもよかったかもしれない。自分の家の周りは尾形に見張られている気がして、外に出るのが怖かったのだ。

デザートまでしっかり堪能して、帰宅するための電車の中。

隣り合わせて座り、取り留めのない会話をしていた玲史は、いつしかうつらうつらして龍一の肩に凭れかかった。

龍一に起こされたときにはどこにいるのか分からなかったほどで、十五分ほど完全に寝入っていたらしい。

やはりアルコールが効いているのかも…と思いながらも、すぐ側に龍一がいなければ居眠りなどするはずがない。

午前中からずっと遊んでいたし、帰り時間が遅くなったこともあって眠気は去らなかった。

眠いとぼやきながら電車を降りて、駅を出る。馴染んだ街で隣にいるのが龍一だから、玲史は安心して眠気と戦っていた。

暗証番号を打ち込んでマンションに入り、フロントデスクの青年にこんばんはと挨拶をする。

龍一は今にも眠ってしまいそうな玲史を心配して部屋までついてきて、風呂に入ってから寝ないと…と給湯ボタンを押す。

ソファーで龍一の膝の上に横抱きにされると、その体温に眠気が強まった。

「こらこら、まだ寝るなよ。風呂に入ってからじゃないと、疲れが取れないぞ」

「んー……」

「お前、本当にアルコールに弱いんだな。うーん…外では、アレルギーっていうことにしておいたほうがいい。無理強いされなくてすむから」

「ふぁい…気持ちいー……」

ビストロで座っていたときはそれほどでもなかったが、歩いて、電車に乗っている間に回ったらしい。

フワフワとした酩酊感に、玲史はご機嫌でゴロゴロと龍一に懐いた。

「可愛いが、危ないな…こんなことして誘惑するのは危険だぞ」

考えるのが億劫《おっくう》で、玲史は思考を放棄している。

髪を梳《す》かれ、背中を撫でられる龍一の手の感触が気持ちよくて、そちらのほうに神経を集中していた。

「罪作りなやつだなー。ちょっと、あいつに同情するよ。出会うのが早すぎたとしか言いようがない。俺だって、もっと鼻息が荒い頃だったらどうしてたことか……。臆病な野兎を捕まえるなら、短気は禁物だよな」

龍一の言葉は独り言で、玲史に聞かせるつもりがない。だから玲史も、内容を頭に入れることなく手の感触にうっとりとしていた。

アルコールの力を借りて、臆面もなく甘えられるのが嬉しい。

うつらうつらしながらの幸福感を壊したのは、ピピピッという浴槽に湯が溜まったことを知らせる音だ。

ついで、玄関の扉をガチャリと開く音がする。

「ただいまー……」

玄関のほうから聞こえてきた母の声に、玲史はハッとする。

一気に酔いが醒《さ》めた玲史が慌てて龍一の膝から降りて隣に座ると同時に、母がリビングにやって来た。

「あら、龍一くん、いらっしゃい」

「お邪魔してます」

龍一はそれまでの空気などなかったかのように、いつもどおりの笑顔で母に挨拶する。

母が着替えるために自室に入っていくと、龍一は「さて、そろそろ帰るか」と呟く。そして玲史の顎を取り、顔を近づけてきた。

「それじゃ、おやすみ」

言いながらのキスは、唇へされた。

玲史が驚いて固まっていると、龍一はニヤリと笑って部屋を出ていってしまう。

「……………」

玲史は呆然とその背中を見送り、それから指で自分の唇に触れる。

「今の……キス……？」

今までのように額や頬にではなく、唇へのキスだ。

玲史にとっては、まさしくファーストキスである。

龍一が好きだと…ファーストキスも初体験も龍一とがいいと気づいたのはずいぶん前のことだが、勇気のない玲史は現状維持が大切で自ら動くことはしなかった。

毎日のように龍一と会い、一緒に料理をするひとときを失いたくなかったのである。

それが龍一から唇へのキスをされて、玲史は大きな困惑と混乱に陥った。

今のキスはどういう意味かと聞きたくても、龍一はもうすでに去ってしまった。それに、はっきり聞けるほどの勇気があるかも分からない。

玲史は自室で着替えた母に声をかけられるまで、唇に触れたまま呆然としていた。

★
★
★

龍一にされたキスは、その日、玲史を寝不足にした。グルグルと考えすぎて頭が冴《さ》え、しまいには頭痛がしたほどである。

翌日の龍一の態度はいつもどおりで、キスのことはまるでなかったかのようだった。

それでいて見つめる目や、触れる手が以前よりさらに優しくなった気がする。

玲史が困惑しているのを楽しむように、頬を撫でる手つきは意味深だった。

龍一のキスとその態度に、尾形への恐怖心が吹き飛ぶ。

あのキスはどういう意味なのかと龍一に問いかけたくて、頭の中がそれでいっぱいになった。

そんな折、内田から電話がかかってきて、遊びに行こうという誘いだった。

内田と丸川には高校のときのことも、合宿で尾形に襲われたことも話してある。それにマンションの近くで尾形と会ったとも言ったので、ずいぶんと心配してくれた。

だから玲史が遊びの誘いを断るのにも理解を示してくれたのだが、引きこもりが長くなると体にも心にもよくないと叱られる。

夏休み中ずっとうちにいるつもりなのかとか、どうせ大学が始まれば外に出るしかないんだぞとか、そんなことを言われた。

まさか高校のときみたいに退学するつもりじゃないんだろうなと聞かれたから、それは絶対にないと答えておいた。

退学なんてしたら尾形の思うつぼのような気がするし、なんの解決にもならない。今後、尾形が自分の前に姿を現すたびに怯え、家にこもる生活はできないと分かっていた。

だから龍一とアウトレットに出かけたのを機に、内田や丸川たちとも遊ぶことにする。

龍一からのキスを考え続けることに疲れてきてもいたし、内田からの誘いはちょうどいいタイミングだった。

ただやはり護衛は必要で、内田と遊びに行くことを伝えると、行きは龍一が待ち合わせの駅まで送ってくれた。

玲史を内田に引き渡して別れ、また電車に乗ってどこかに向かう。

申し訳ないとは思うのだが一人で出歩けるほどの勇気はまだないし、龍一も無事に着いたかハラハラするより送ったほうが精神衛生上いいとのことだった。

それゆえに素直に送ってもらうことになったが、龍一と一緒にいるとソワソワして落ち着かなかった。

あんなふうに突然キスをしておいて、龍一が平然としているのが小憎たらしい。

あまりにも平然としすぎているから、やっぱり意味のない、親愛の情の延長なのだろうかと思い始めてきた。

ドキリとする瞳で見つめられるのも、自分に触れる手が今まで以上に優しくなったように感じるのも、キスされたことによる自意識過剰かもしれない。

おかげで尾形のことをクヨクヨと思い悩まなくてすむようになったし、怯えて慄《おのの》き続けるより精神的に楽な悩みなのは確かだ。

一緒に電車に乗っていても龍一は普通で、玲史はドキドキとモヤモヤでいっぱいになった。

待ち合わせ場所で内田と会ってからは、それらを振り切るようにしてはしゃぐ。

ＣＤの視聴を山ほどして、中古のゲームソフトを選び、本屋で立ち読みし、ゲームセンターで遊んだ。

内田はゲーマーというほどではないがかなりのゲーム好きで、講義と部活があるおかげで深みに嵌まらなくて助かると言っているほどだ。

だからアルバイトを多目に入れていても、長期の夏休みは逆にゲームに没頭する時間が増えて困ってしまうらしい。

玲史も内田に連れられて何度かゲームセンターに来ていたので、内田がやっているのを見たり、一緒に対戦したりして楽しんだ。

「……あぁ！　死んだ……」

「百円入れろ！　今日は第三ステージまでクリアするぞ」

「分かった」

３Ｄのゾンビゲームが玲史のお気に入りだ。箱型のボックスの中で３Ｄメガネをかけ、次から次へと襲ってくるゾンビを倒していくのである。

個別に操縦法やコツなどを覚えて、他の部員たちを集めて最後まで攻略してやろうという話になっていた。

何しろ先のステージに進むにつれて難易度が高くなるため、二人では腕が疲れるし、集中力も途切れる。そして一番重要なのは、資金的につらいということがあった。最後の大ボスを倒すためには数千円が必要なはずなのだ。

五人か六人ゲーム好きを集めれば一人一人の負担金は少ないし、飽きる前に次の人間に交代することもできる。見ているだけでも楽しいから、話に乗る部員は少なくなかった。

「ううっ…第二ステージのボス、強い……」

「がんばれ！　挫《くじ》けるな!!　なんとしてでもやっつけるんだっ」

「が、がんばる」

玲史が用意した五百円分の硬貨はもうすべて投入し、内田のもあと一枚を残すのみである。

ボスを一人でやっつけるのは難しいから、二人揃っているうちにより多くのダメージを与えたい。

ワーだのギャーだの言いながら銃を撃ちまくり、まず玲史のキャラクターが死ぬ。内田もそれから五分もしないうちにやられ、ゲームセットとなった。

「あー…面白かった。俺たち、結構うまくなったよな」

「第四ステージまでいけるようになったしね。最初の頃は、同じ五百円でも第二ステージがやっとだったのに」

「この分なら、いい感じでラストシーンを見られそうだ。……にしても、腹減ったな。なんか食いたいけど、金がない……。さっきの店で、ソフトを二本も買っちゃったからなぁ」

「うちで食べてく？　好きなもの、作るよ」

「いいのか？　今日、うちの母親、遅くなるんだよ。適当に食べてって言われても、カップラーメンは侘しい。俺、中華が食いたい！　餃子《ぎょうざ》と酢豚《すぶた》。玉ネギを、しっかり炒《いた》めたやつ」

「……遠慮なく、面倒くさいものを。うちも、今日は両親とも遅いんだ。まぁ、でも、龍一さんが手伝ってくれるだろうし、内田も餃子を包むくらいはできるはずだからいいよ」

「え？　餃子、手作りすんの？」

「そうだけど…スーパーで焼くだけのやつを買ったほうがいい？」

「いやいや、手作りのほうがいい！　ただ、自分で作るっていう発想がなかったから…そうか、自分で作れるのか」

「そんなに難しくないよ。皮は市販されてるし…龍一さんは、そのうち皮も手作りしてやるって言ってるけど」

「うおー、佐木先輩、すげえ。レベル、上がってるな～」

「趣味って、広がる人と深くなる人がいるけど、龍一さんは深くなる人みたいだね。ボクは広がるタイプだから、手抜きできるところは手抜きしたいなぁ」

「男は深まるタイプが多いって言うよな。なんか、納得」

「だね。今夜の献立をメールして、スーパーに寄るから何かいるものがあるかって聞いてみる」

玲史はスマホを取り出して操作し、メールを送ると内田と一緒にゲームセンターを出る。電車に乗って玲史の住む街まで移動し、スーパーで夕食の材料と空腹を宥めるためのスナックを買う。

龍一からはもう返信が来ていて、中華ダシがなくなりそうだと書いてあった。必要なものを買い込んで、マンションへと向かう。夕食の買い物客が多いこの時間帯、商店街は人が多いからと道を一本ずらして歩いていた。

さほど広くない道にワンボックスカーが後ろから走ってきて、二人は自然と縦になって車が通れるようにする。

内田が前、玲史が後ろだ。

「……あそこの角でまた表通りに戻って、お団子か大福でも——……うわっ⁉」

玲史の言葉は途中で切れ、後ろから腕と肩を掴まれた。

内田と話しながら歩いていたから、ワンボックスカーのドアが開いたことに気がつかなかった。

ましてや中から人が飛び出し、自分を攫《さら》おうとするなど思いもしない。

二人いるうちの一人は尾形で、そのことが玲史を硬直させる。

二人がかりで車の中に引きずり込もうとし、異変に内田が振り向いたときにはもう体が半分ほど車の中だった。

「ええっ⁉　ちょっ……」

慌てて駆け寄った内田が、もう一人の男に殴りつけられる。

拉致犯ではなく玲史のほうに意識を向けていたせいで、思いっきり拳を食らってしまった様子だった。

「ううーっ！」

内田と叫んだはずの声は、尾形の手に塞がれてくぐもった呻《うめ》き声にしかならない。おまけに体をズルズルと引っ張り上げられ、内田を殴った男に足を掬《すく》われて完全に車の中に入れられてしまった。

バタンと、目の前でドアが閉められる。

すぐに車が発進して、ようやく口から手が離れた。

「お、尾形…いったい、どういうつもりだ⁉」

声が震えそうになるのを必死で抑え、玲史は尾形を睨みつける。

しかし尾形はニヤニヤと人をバカにしたような笑みを浮かべ、「怒るなよ。こんなのちょっとした冗談だろ」などと言う。

「人を無理やり拉致しておいて、冗談ですむわけがない！　内田を殴っておいて、ちょっとした冗談⁉」

「あいつが止めようとするのが悪い」

「は？　何言ってんの？　友達が目の前で連れ去られそうになったら、止めようとして当然だ。それを、殴るなんて！」

「なーにが友達だよ。落ちこぼれの、引きこもりのくせに。予備校にも行かないで、よくうちの大学に受かったよなー」

「……………」

なぜ知っているのかと聞きたくなるようなことを言われた。やはり尾形は、玲史の動向を探っていたらしい。

予備校に行かなかったことを知っているなんて、いったいいつから…と、改めてゾッとした。

「尾形～、何くっちゃべってるんだよ。セフレくんと知り合いだったのかぁ？」

「高校のとき、ちょっとな。入学してすぐに事故って、ようやく登校してきたと思ったら、結局一ヵ月も経たないうちに退学したんだよな」

「……………」

誰のせいで…と、玲史は唇を噛み締める。

「ああ、だからこの子をお遊びのターゲットにしたわけか。……にしても、間近で見ると本当に美人だなー。今どき、珍しいような真っ黒な髪だし。あの、いかにも外人なハーフと一緒にいると、マジ目立つもんなぁ」

「あの野郎のガタイがいいから、お稚児さんにしか見えねえっての。サラサラの黒髪だな…いい匂いがする」

　顔を近づけられて髪の匂いを嗅がれ、玲史は嫌がって避けようとするが叶わない。

「男でも、これだけ美人だと遊びがいがあるよなー。俺、男は趣味じゃねーけど、この子だったらやってみたいって思うもんな」

「そういう男が多いから、こいつ、調子に乗ってるんだよ。お前なんか、家に引きこもってりゃあいいのに。剣道部のマネージャーなんてやって、男どもにちやほやされて喜びやがって。あの男だけじゃなく、部員たちの相手もしてるんじゃないだろうな」

「マジ？　剣道部の連中のオモチャ？　いいな〜、それ。こんなご褒美があるなら、暑苦しくてうざい体育会系でも、我慢してやってもいいかも」

「お前には無理だろ。根性ねーんだから」

「お前だって、人のこと言えねーくせに」

「俺は、高校三年間、バレー部だったぞ」

「マジか？　似合わねー」

　男はゲラゲラと笑い、それから嫌な目つきで玲史を見て舌なめずりする。

「俺は、やっぱり体育会系はごめんだな。根性とか、面倒くさいだけだ。別に剣道部なんて入らなくても、こうしてセフレくんと遊べるわけだし。顔と同じで、体も綺麗だといーな」

そう言いながら服に手をかけられて、玲史は「嫌だ！」と暴れる。

この男たちが何を目的にして玲史を拉致したのか、嫌でも分かる。

初めてがこんな形でというのは、ありえないほど最悪だ。男相手というのでもハードルが高いのに、好きでもない相手…しかも複数に無理やりなど耐えられない。

セックスをするなら、初めても最後も龍一がいい。龍一でないと嫌だと思った。

それゆえに玲史は必死で抵抗しようと暴れ続ける。

二対一では分が悪いが、運転手が加わっていないだけまだマシだ。車をどこかに停めて、三対一になったらもう絶望的である。

手足を滅茶苦茶に振り回し、人も車も構わず手当たり次第に蹴りつけた。

「ちょっ…これ、先輩からの借りものなんだぜ。へこますとか勘弁してくれよ」

「意外とじゃじゃ馬だな……。おっと、さっきから、スマホがうるせー」

「オフにしろよ。GPSつきだったらまずいし」

「だな」

男は玲史のズボンのポケットを探り、スマホを取り出す。そして電源を切ってしまった。

「これで安心…っと。んじゃ、お楽しみと行きますか」

「くっそー。俺も参加してぇ。なんで運転手役なんだよ！」

「ジャンケンで負けたんだから、仕方ねーだろ。先輩んとこに着いたらやれるんだから、別にいいじゃん」

「先輩んち、遠いんだよなー。ここから四十分もかかるんだぞ。それだけありゃ、一回くらい入れられるのに」

「文句言うなよ。お遊びをするには、それなりの場所が必要なんだから。俺らのマンションじゃ無理だろ」

「まーなー」

軽口を言い合う二人に、玲史を押さえつけている尾形が苛立ったように言う。

「おい、真面目にやれよ。こいつ、暴れまくりで厄介だってのに。見た目より、体力あるな」

「必死だからだろ。俺らにやられまいと、死にものぐるいなんだよなー。ちゃんと気持ちよくしてやるから、心配しなくていいのに。ま、ちょっとお相手しなきゃいけない人数が多いけど、この細い体で四人はきついか」

「……どうせ、初物じゃないさ。あの野郎相手に、慣れてんだろ。いかにもデカそうだし？」

「アメリカ人のは、デカいっていうもんなー。じゃ、遠慮することねーか。こーんな可愛い顔してて、庇護欲そそられるんだけど。俺らのサークルの女どもなんかより、清楚系で可愛いよなー」

先輩とやらの家に着いてからが本番と思っているのか、もう一人は妙に呑気だ。

だが尾形だけは目をぎらつかせて玲史を押さえつけ、服を脱がせようとしていた。

他の二人とは明らかに温度差がある。彼らがはしゃいでいるのに対し、尾形は胸の内にとても暗いものを抱えているようだった。

遊び半分ではなく、覚悟のようなものが見え隠れする。

三年前も、わずか一月にも満たない接触しかないのに、どうしてそんな強い感情を抱かれ、こんな目に遭わされるのかと玲史は憤りを覚えた。

それが原動力となってくれたおかげで、疲れを感じることなく暴れ続けられたのだから複雑な心境である。

とにかく玲史には、時間を稼ぐことしかできない。

自分が攫われたのは内田が目撃しているし、龍一に連絡してくれるはずだ。

スマホの電源は切られてしまったが、玲史は龍一からもらったＧＰＳつきのキーホルダーを持っていた。

これがあれば、龍一は玲史の所在地を掴める。ただ電波が通じない山奥や、地下室のような場所に行くと役に立たなくなってしまうらしい。

だからもしそんなところに連れ込まれるようだったら、入り口かどこかにキーホルダーを落とさなければ…と思っていた。

それまでは、とにかく暴れまくって抵抗するしかない。

大声を出せば四つある手のうちの一つを使わせることになるから、玲史は手のひらで塞がれて周囲には聞こえないかもしれないが悲鳴を上げながら必死で手足を振り回した。

「うぉい、ちょっとこれ、生きがよすぎねぇ？　もっと簡単におとなしくなると思ったのに」

「顔に似合わず、気が強いんだよ。でも、諦めもいいと思ったんだけどな…高校のときもさっさと逃げて、退学したし」

「諦めがいいとはとても思えない態度だ…つーか、マジで意外と体力あんな。普通、これだけ暴れ続けたら疲れるだろ。やっぱ、女とは違うなー。まぁ、獲物は生きがいいほうが楽しいけどさ」

それにしても生きがよすぎるとブツブツ文句を言いながら、なんとか服を脱がせようとする。

しかし拘束が甘くなったところから玲史が力を入れて手足を振り回すため、拳が顎に当たって、「いてっ」と顔をしかめることになった。

「いてぇな、この！」

苛立《いらだ》った男に平手で殴られ、左の頬に痛みと熱が走った。

ジンジンと痺《しび》れるようなそれに一瞬動きが止まったが、玲史はすぐにまた暴れだす。

「殴んな、バカ」

「こいつが先に殴ったんだっつーの。可愛い顔して、とんだじゃじゃ馬だ」

「いいから、殴るな」

「分かったよ。ったく、いい加減おとなしくしろっての。面倒くせーなー、もう」

「ユータ、口と手足、なんとかしろ。俺が脱がせる」

「ずりぃ…けど、仕方ないか。この暴れようじゃな」

　てんでに脱がせようとしていたときとは違って、役割分担をされると玲史が困ることになってしまう。

　二人との力の差は歴然で、両手をひとまとめに括られて頭の上で押さえつけられると、尾形が玲史の足の上に乗ってくる。

　これで玲史は身動きが取れなくなってしまった。太腿の少し下あたりに乗られているため、膝から下しか動かせないのである。

　文字どおり手も足も出せない状態にさせられて、シャツのボタンが弾き飛ばされた。

「う——っ!!」

　文句を言う声が、大きな手で塞がれている。

　露わになった胸をジッと見つめる尾形の目が怖く、ソッと触れてくる手の感触が気持ち悪い。

「野間くん、色白いねー。全然日焼けしてないし、見るからに手触りよさそー。触りてぇ。つーか、乳首もピンクじゃん。これで本当にやりまくってんの？」

「うう——っ!!」

そんなことしてないという文句も、言葉になることはない。

その間にも尾形の手が玲史の胸を撫で回し、乳首をいじっていた。無言で、陶酔するような目つきだ。

「んだよ、尾形。うっとりした顔しやがって。そんな気持ちいいのかー？」

「ああ…なめらかで、吸いつくような肌だ。しっとりしてて……」

尾形は呟き、玲史の裸の胸をペロリと舐める。

「汗さえ、甘く感じる。しょっぱいはずなのにな」

「……………」

玲史はもう声もなく、悪寒を耐えるしかない。気持ち悪いの一言だった。

いずれ龍一が助けに来てくれる…玲史は本気でそう信じているが、尾形の様子には怖いものを感じる。

ゾッとして鳥肌が立ち、いよいよ危機感が増してきたとき、キキーッという音を立てて車が急停車した。

いきなりだったので中腰だった二人は体を持っていかれ、車に頭や体を強く打ちつけて、「いてぇ」と呻いている。

「なんだよ、カイッ！　運転くらい、まともにできねーのか！」

「るせぇ。バイクが急に……って、やべぇ。佐木だ！」

「佐木？」

「ハーフ野郎だよ。なんだってここがバレたんだ⁉」

「知るか！　車、出せ‼」

「バイクが邪魔して……うわっ‼」

運転手の悲鳴とともに、ヘルメットで窓を割られる。そしてそれと同時に龍一の腕が飛び込んできて、運転手の首を鷲掴みにした。

グイグイと喉を締めつけ、苦しそうな声が上がる。

「鍵、開けろ」

玲史が聞いたことのない低く凄味のある声だが、確かに龍一だ。

玲史の表情がパッと明るくなり、紙のように白かった顔にも赤味が差す。

「……お前、は……」

尾形が何か言っているが、玲史の意識は龍一のほうに向いている。やっぱり来てくれた、助かったという喜びでいっぱいだった。

運転手の苦しそうな呻き声とともに、カチリという音がしてロックが外される。

間髪入れずに扉が開き、入り口近くにいた男がシャツの襟首を掴まれて外へと引きずり出された。

ガッと音を立てて殴りつけられ、倒れたところを鳩尾《みぞおち》に蹴りが入れられて悶絶する。

「うげぇ……ゲホゲホ」

それから龍一がノソリと中に入ってきて、青く光る鋭い眼光を尾形に向ける。

その剣呑な目つきに尾形がビクリと竦みあがると、龍一は玲史に視線を移した。

「無事か？」

「は……はい……」

うまく声が出ないから、コクコクと頷いて無事を知らせる。

尾形が脱がすよりも触れるほうに熱心だったおかげで、被害は上半身のみだ。シャツはもう使い物にならないし、鳥肌も治まっていなかったが、それだけですんだのは幸運だった。

だが、尾形がまだ玲史の足の上に乗っているせいで、身動きが取れない。

体勢を立て直した尾形が、グッと拳を握って龍一を睨んだ。

「てめぇ……」

そう言って尾形が龍一に殴りかかろうとするが、龍一の裏拳一発で吹っ飛ぶ。車体の後ろに体をぶつけ、鼻を押さえて唸り声を上げた。

おかげで玲史の足の上から退く結果になって、動きがとれるようになる。

力の入らない体で起き上がろうとすると、龍一が腕を掴んで上体を起こしてくれた。そしてそのまま脇の下に手を突っ込み、車の外へと出してくれる。

体力の限界を超えて暴れ続けていたせいか、もう大丈夫だと安心したせいか、手足が怠く、腰に力が入らない。いわゆる腰が抜けた状態になっているらしく、龍一の支えがなければこの場にヘナヘナと崩れ落ちそうだ。

玲史は龍一のシャツを掴み、必死で足を立たせながら体を丸ごと龍一に預けた。

「こ、怖…怖かった……」

必死でこらえていた感情が溢れ出し、玲史は龍一にしがみつく。

涙がポロポロと零れ、龍一のシャツを濡らした。

「ああ、大丈夫。よくがんばったな」

溢れる涙を唇で優しく吸われ、頬や額にキスをされると気持ちが落ち着いてくる。視界の端に尾形がこちらのほうを見ているのが映ったが、玲史は気にしなかった。

玲史にとって尾形は恐怖の対象だが、その恐怖も龍一が側にいてくれれば消えてなくなる。そしてそうなれば、ただ単に目障りで鬱陶しい存在でしかなかった。

だから視界の端にも入れたくないと、玲史は龍一にだけ意識を向けていた。

龍一の腕の中にいて、くっついているととても安心できる。それでいて体が熱くなり、胸がドキドキするのだから困りものだ。

はっきりと龍一への思いを認識している今、こうして優しいキスを受けるのはうっとりとドキドキが混じって大変だった。

だからこそ尾形に意識を向けるだけの余裕がなく、それゆえに怖さも感じなくてすむ。

龍一に慰めてもらっていると、内田の泣きそうな声が聞こえてくる。

「野間～無事でよかった～」

そちらのほうを見てみれば、内田は先ほど龍一に蹴られて悶絶していた男を後ろ手に拘束しているところだった。

プラスチックの結束バンドを使って、グイグイと締めつけている。

「内田…殴られたとこ、大丈夫？」

「ああ、ちょっと痛いけど……っていうか、お前も顔、赤くなってるぞ。殴られたのか？」

「ん…平気……」

しかし、それに反応したのが殺気立っている龍一だ。玲史の顎を掴んで持ち上げ、叩かれた左の頬をマジマジと凝視する。

「殴られてるな。誰にやられた？……こいつしか、いないか。あの野郎は、玲史を殴ったりできないからな」

忌々《いまいま》しそうにそう言って、足元に倒れている男の背中を二度、三度と蹴りつける。

「ガッ！　いてぇー」

他人のことを気軽に殴るわりに暴力を振るわれるのには慣れていないらしい男は、完全に戦意喪失してされるがままだ。

龍一はまだ車内にいる尾形に声をかける。

「尾形、出てこいよ。自分が何をしたか、分かってるのか？」

「うっせえ」

「お前、遊び人じゃなかったのか？　だったらもっと粋に、綺麗に遊べよ！　なんだってそう、バカなことばかりするんだ。はっきり言って、裏目裏目にしか出ない行動だぞ」

「うるせえんだよ！　お前なんかに、何が分かるっ」

「高校生になりたてのガキが、恋愛アプローチの最初の一歩で失敗したのは分かる。よくあることだからな。それにしてもお前のやり方はタチが悪かったし、実に下手くそだ。好きな相手に嫌がらせをしてどうする」

「うるさい！　バカなことを言うなっ。誰がこんなやつ——」

「小学生並みのアプローチの仕方だよな。自分以外のやつを遠ざけて、話しかけられないようにして……自分の囲いの中に閉じ込めようとした。お前は目立つ存在だったらしいから、他のやつらはそれを喜んで受け入れたんだろう？　だが、玲史には通じなかった。誘っても断られ、ムキになったか？　焦れて、襲って、逃げられたのは、お前にとってもトラウマになったのかもしれないな」

「……………」

尾形は蒼白な顔でギリギリと唇を噛み締め、固く拳を握っている。

「玲史のことは、諦めろ」

「う…うるさい、うるさい、うるさい！　黙れっ!!」

喚《わめ》きながら殴りかかってきた尾形を、龍一は玲史を抱きしめたまま蹴りつける。

過去には空手を習っていたこともあるという龍一の、長く強靭な足を使っての蹴りは強烈なもので、尾形の体が車に打ちつけられた。

倒れたところを容赦なく蹴りつけ、内田に「拘束しろ」と命じる。

「はいはい。こいつらが拉致するところのムービー、しっかり撮りましたから。証拠はバッチリです」

「よくやった。……おっと、ジイ様の部下たちが来たか。こいつらを引き渡すぞ。あとの交渉はジイ様にしてもらう。老獪《ろうかい》な政治家は、そういうことが得意だからな」

「警察沙汰にしなくていいんですか？」

「そうしてもいいが、まずは交渉だ。初犯だから実刑を受けるかどうか分からないし、受けたとしてもそう長くは刑務所に入っていないだろ。バカな逆恨みを心配するより、これをネタにこいつらの退学と、玲史への接近禁止を取りつけるほうがいい。スッキリとはしないし、本当は前科をつけてやりたいがな」

「前科……」

「執行猶予がついたとしても、前科は前科だ。それが、どれだけ今後の人生を不利にするか、こいつらにだって分かるだろう。内田のおかげで拉致されたときの証言してくれる人を確保できたし、ムービーもある」

「ですねー」

「……そういうわけで武井《たけい》さん、こいつらをお願いします。証拠のムービーをお預けしますので」

「分かりました。野間様から遠ざければよろしいのですね」

「はい。できれば、未来永劫《えいごう》」

「了解しました」

武井と呼ばれた男が他の二人に合図すると、すっかりおとなしくなっている三人をワンボックスカーに積み込む。そして一人が運転し、もう一人が見張り役。武井は乗ってきた車に乗り込んで、ワンボックスカーとともに走り去った。

「これでよしと。警察は、できないことも多いからな。被害者感情と刑の重さが合致しないこともシバシバだし。その点、老獪な政治家はすごいぞ。あの手この手で望みを叶えてくれる。……玲史が望むなら、あいつらを地獄に追いやることもできるはずだ」

怖いような凄味のある顔でどうすると聞かれ、玲史はフルフルと首を横に振る。

龍一の言う地獄がどんなものか分からないし、知りたいとも思わないが、そこまでの処罰感情はなかった。

玲史が尾形に希望するのは、とにかく自分の近くに来ないでくれ、かかわらないでくれとい

う、それに尽きる。

だから接近禁止にできて、尾形がそれに従ってくれるのなら、それでもう充分だった。

「本当にいいんだな?」

念押しされて、玲史はコクリと頷く。

「はい。両親にもこれ以上余計な心配をかけたくないし……尾形がもう現れないなら、それでもう充分です」

「分かった。ジイ様には、そう伝えておく」

「お願いします」

「それじゃ、俺たちも帰るとするか。……玲史、殴られたとこ、大丈夫か? 他にどこか打ったとか…病院に行ったほうがいいか?」

「大丈夫です。平手で、そんなに強くじゃなかったし。ボクよりむしろ、内田のほうが痛そうでした」

「内田は丈夫だからいいんだよ」

その言葉に、おとなしく協力していた内田がブーブーと文句を言う。

「先輩、ひどっ! 俺、すごいがんばったのに、その扱い!?」

「悪い。確かにお前はがんばった。大した活躍だ。ご褒美に…そうだな、内田が好きな球団のバックネット裏のチケットを回してもらう。家族でファンだって言ってたから…四枚か。まぁ、なんとかなるだろ」

「マ、マジっすか？　バックネット裏？　家族分？」

「ああ。確か、ジイ様の後援会に、そっちの関係者がいたはずだ。どうせ今回のことでこき使われることになるから、もう一つくらい借りが増えても大して変わらん」

「こ、こき使われるんですか？」

「政治家はなー……ばら撒いた以上に回収するんだよ。……身内割り引きがあることを期待する」

「大変ですねー。でも、バックネット裏、期待してます！　あそこで試合を見るの、夢なんですよ。もし実現したら、俺、家族の中で株が急上昇します」

「チケットが手に入ったら、メールする」

「はい！　ものすごく期待して待ってます!!　んじゃ、俺は適当に帰りますから、野間のことよろしく～♪」

内田はそう言うと、スキップでもしそうな浮かれ具合で大通りに向かって歩いていく。

残された龍一は、バイクに引っかけられていたヘルメットを取り、玲史に被せた。

「帰るぞ。疲れただろう」

カチッと器具を嵌め、紐を調整してくれる。そして玲史の腰を掬い上げて後ろのシートに座らせた。

「バ、バイク、乗ったことないです……」

「しっかりしがみついていれば、大丈夫だ。安全運転でいくから」

「……」

龍一が前のシートに座ると、玲史はオズオズと服のシャツを握る。

「ちゃんと掴まっていたほうがいいと思うんだがな……」

面白がっている声でそんなことを言われ、バイクがゆっくりと発車する。

「わっ！」

体を後ろに持っていかれる感覚に、慌てて龍一の腰を掴んでしがみついた。

初めてのバイクは体が剥き出しで、掴まるところがないためにとても怖く感じられる。それに太陽の熱と照り返し、アスファルトからの熱気などを受けてとても暑い。

爽快とはいえない乗り物で、玲史は必死になって龍一の腰にしがみつき、振り落とされまいとがんばった。

ガチガチに緊張していたせいか、マンションの駐車場に着いたときには疲労が激しく、龍一に肩に担ぎ上げられてしまう。

「り、龍一さん⁉」

「ヘロヘロなんだろ？　このままエレベーターに乗って、部屋まで運んでやるよ。フロントの前を通らないんだから、いいじゃないか」

「監視カメラが……」

「そりゃあ、あるさ。セキュリティーがしっかりしたマンションなんだから。……いや、待てよ。俺が犯罪者に見られたら困るな。玲史、顔を上げて、カメラに向かって手を振れ」

「い、嫌です……」

「血相を変えた警備の連中に押しかけられるよりいいだろ。ほら、手を振って」

「うー……」

セキュリティーが厳しいのは安心できていいが、こういうときは困る。

肩に担がれている自分がモニターでどう見えるか想像がつくだけに、玲史は仕方なく顔を上げてカメラに向かって大丈夫と言うように手を振った。

「は、恥ずかしい……」

すぐにまた顔を伏せて、グッタリと脱力する。

「大丈夫、大丈夫。野間さんのところの玲史くんは、華奢でか弱くて、守ってやりたくなるそうだ。体も弱いらしいっていうことになってるから、フロントの人たちも暑さに負けたくらいに思ってくれるさ」

「それ…なんですか？」

「フロントの人たちの中では、そういうことになってるそうだ。見た目と、高校に行ってなかったのとで、か弱い少年に一択で決まったみたいだな」

「あう……」

病弱と思われるのと、苛められて不登校では、まだ病弱のほうがマシな気がする。同じ心配をされるなら、心より体のほうが気が楽だった。

「とりあえず、俺の部屋に行くぞ」

「はい」

料理は器具や調味料の揃っている玲史のほうですることが多かったが、龍一の部屋にも何度かお邪魔している。

龍一の姉夫婦が使っていた主寝室はそのままに、龍一は客間を自室としていた。

客間といっても十畳はあるから、ゆったりとしたものである。

リビングも姉夫婦が戻ってきたときには新しい家具に取り換えるから、好きに使っていいと言われているらしい。

リビングのソファーに座らされ、いろいろなことが起きてまだ神経が高ぶっている玲史に、龍一がコーヒーを淹れてくれた。

「美味しい……」

「昨日買ってきたばかりの豆だから、香りが強いだろう？　少しは気分が落ち着いたか？」

「はい……。ご面倒をおかけしまして……」

「まさか白昼堂々拉致するなんて、考えもしなかったからな。あいつら、本物のバカだった。

大学に入って浮かれているのは分かるが、バカな遊びサークルに入ると、思考ごとバカになる見本だ。もともと評判の悪いサークルだから、この機会にぶっ潰してやる。あんなバカどものせいで、自分の大学の格が落ちるのもごめんだし」

容赦なくバカを連呼する龍一は、玲史よりもずっと憤っている様子だ。

龍一は玲史の頬に触れ、ソッと殴られたところを撫でる。

「赤味は引いたが……まだ痛いか？」

「もう、全然。殴られたときは痛かったけど、平手だし…痣《あざ》にもならないと思います」

「それならいいんだが。こんな綺麗な顔を、よく殴れたな。腹癒《はらい》せに、もう二、三発蹴りを入れてやればよかった」

「……………」

憤懣《ふんまん》やるかたないといった様子の龍一に、玲史は首を傾げる。

被害者である玲史よりも、龍一のほうがずっと怒っている様子だ。

尾形たちに全力で抵抗し、そのあとバイクにも乗せられた玲史はもう疲れ果て、怒るだけの気力がない。

それに玲史の中では、もう終わったことだ。もちろんほんのつい先ほどの出来事だから恐怖心や不安感といったものはまだ残っているが、彼らの存在自体に関しては綺麗さっぱり切り捨てている。

彼らがもう二度と自分の前に現れないという保証がもらえたら、さっさと忘却の彼方に追いやってやると思っていた。

覚えておく意義を見出せない、切り捨てるだけの存在だ。

尾形と三年ぶりに再会したとき、怯えて震えてしまった自分が情けなく、悔しい。

過去のトラウマとして自分の中に抱えておくのは嫌だし、それは尾形に暗い喜びを与えてしまうような気がした。

尾形が自分に対して強く執着しているのなら、玲史に憎まれるより忘れさられるほうがつらいに違いない。

けれど龍一が自分のためにそんなにも怒ってくれるのは嬉しい。少しは自惚れていいのだろうか…好きと思ってくれているのだろうか…とグルグル考える。

嫌がらせや合宿で襲われたことにはじまり、今回の拉致までの一連の出来事と平行したもう一つの悩みは、龍一との関係だ。嫌がらせのほうが解決しそうな今、玲史の頭の中は龍一のことでいっぱいだった。

尾形に攫われ、襲われそうになっているとき、玲史が助けを求めたのは龍一だった。弱気になったり絶望したりせずにすんだのも、ひとえに龍一に対する信頼からである。

今回のような事件が起きて、やっぱり龍一の存在の大きさを思い知る。

龍一を失いたくない、誰にも渡したくない、今の…弟のようなポジションでは嫌だと強く思う。

何よりも、龍一に抱かれたいのだと気づかされた。

好きと言ってみたらどうなるだろうかとか、気まずくなるのは困るとか、でも龍一は恐ろしくモテるから他の人と恋人になったら泣くとか、もういっぱいいっぱいである。

とにかく龍一の前には次から次へと可愛かったり綺麗だったりする女性が現れ、ときには男の子もアプローチしたりするので焦る気持ちが強くなっていた。

ただのお隣さんや、庇護欲をそそる弟のような存在では困る。

今の立場に満足し、安穏としていたら、いつか龍一に愛する人ができたとき、後悔するのは間違いなかった。

玲史はもう、大きな後悔を一つしている。

尾形に人付き合いを阻害され、襲われ、高校を退学してしまったとき…もっと他にやりようがあったのではないかとクヨクヨ考えたし、何度も何度も後悔した。

当時の玲史にとって高校に通うのは当たり前のことで、わずか一月で退学するなんて夢にも思わなかったのである。

両親は何も言わずに許してくれたが、親戚や知人たちからいろいろ言われたのを知っていた。

もっとうまく立ち回れば…という後悔は、今も玲史の中に残っている。

大学受験の資格を取り、無事に志望校に入学できて楽しい毎日を送っていても、高校の三年間を失ってしまった事実は消えなかった。

だから玲史は、なるべくなら後悔をしたくない。

龍一に告白して振られたときの後悔と、このままの状態をよしとして龍一に恋人ができたときの後悔では、どちらがよりつらく大きな傷になるだろうかと考えた。

玲史はあまり能動的なほうではないから、普通なら自分から動くことは少ない。けれど今は、龍一が誰よりも大切な存在になっていて、ただのお隣さんというポジションに満足できなくなっている。

ぬくぬくとして気持ちがいい今の立場を失いたくはないが、それ以上に自分が思うように龍一にも思ってほしかった。

弟のようなポジションに置かれる前に、恋愛相手として見てもらいたい。今はまだそういうふうに思えなかったとしても、恋愛対象なのだと意識してもらえるだけでもよかった。

もっとも龍一の場合、顔に惹かれて寄ってくる相手が多すぎて、恋愛自体を面倒くさいと思っている節がある。

しかしいくらなんでも今さら玲史が顔目当てに告白してきたとは考えないだろうし、その点については有利だった。

龍一が隣に越してきてから過ごした五ヵ月がものをいう。断られるのは仕方ないが、避けられたら嫌だな…と思い、ダメだとしてもそこは普通にしてもらえるようお願いしようと考える。

「……………」

自分の思考の中に嵌まり込み、グルグルと考え事をしていた玲史の頭を、龍一は優しく撫でている。

この、他の人間には見せない優しさが玲史を喜ばせ、同時に不安にもさせる。龍一が自分と同じような気持ちで好意を持ってくれているのならいいのだが、弟ポジションに置かれているのでは…と怖かった。

だが、こうしていつまでもグルグル考えていても何も変わらないし、前へも進めない。後であれこれ悔やんでも時間を巻き戻すことはできないと経験から学んだ玲史は自分の想いを伝えようと己を奮いたたせた。

玲史は勢い込んで、鼻息も荒く決意する。

「龍一さんっ！」

「うん？」

「ボク、龍一さんのことが好きです。龍一さんは、ボクのことをどう思っていますか？　あ、誤解がないように言うと、お隣さんとして親しみを込めて…とか、そういう意味じゃありません。文字どおり、恋愛感情という意味でです」

その言葉に龍一は唖然とする。

「それは…なんというか……。今まで尾形にされたことにショックを受けて無口になっていたんじゃないのか？」

「それもありますけど…尾形のことはどうでもいいです。あんなふうに堂々と犯罪行為をした以上、もうボクは二度とあの顔を見なくてすむんでしょう？　だったら、もう関係ない人です。ボクがビクビクして家にこもっているのが尾形の望みなんだから、ボクはそんなことしないで尾形のことなんて忘れてやります」

「あー…確かにそれが一番、あいつにとってのダメージだろうけど。そうもきっぱり、さっぱり思いきられると、ちょっと気の毒な気もするな」

「どこがですか？　あんなことされて…かわいそうなのは、ボクのほうです」

「そうなんだけどな…やったことは最悪だったが、あいつは玲史のことを好きだったんだよ」

「は？　尾形が、ボクのことを好き？」

「ああ。高校のときはあまりに子供で下手なやり方をして、玲史に嫌われてしまったわけだ。その最初の一歩が悪すぎてもう挽回する余地もなくどうにもならなかった…というか、まだ子供のままだな、ありゃあ。ちやほやされすぎたのか、つるむ相手が悪かったのか…ちょっとした悪ふざけで車で拉致、レイプ未遂って、バカすぎるだろう」

「……嫌がらせだと思うんですけど」

「それもあるかもな。自分の思うようにならない玲史に対して、可愛さ余って憎さ百倍というところか……」

「とてもとても迷惑でした」

思いっきり顔をしかめてそう言うと、龍一の表情がなんとも複雑なものになる。

「……やっぱり、ほんの少し…微かにだが、同情するな」

「………」

玲史が不満に唇を尖らせると、龍一は苦笑する。

「そんな顔をしても、可愛いだけだぞ。外ではするなよ？　あいつみたいに、とち狂う男が出ると困る」

「………」

今、自分がどんな顔をしているのか分からないが、誰かがとち狂うというのなら龍一はどうなのだろう。

とち狂ってくれたらいいのに。そんな期待を込めてジッと見つめると、龍一も見つめ返して聞いてきた。

「玲史は、吊り橋効果って知ってるか？」

「はい。ええっと…吊り橋とか、不安定だったり恐怖で感じたドキドキを恋愛感情のドキドキを混同して錯誤を起こしてしまうっていうやつですよね？」

「そうだ。玲史、それと同じような心理状態になってるんじゃないか？　あんな危険な目に遭ったばかりだし、助けたのは一応俺だし」

「内田もいましたよ？」

「いや、あいつも殴られた被害者だ。喧嘩慣れしてないから、GPSを追跡する際のナビと捕獲のほうに回ってもらったし。ヒーロー役は、どう考えても俺だっただろ？」

「そういえば…よく結束バンドなんて持ってましたね」

「内田から話を聞いて、バイクの鍵と一緒に物入れに置きっぱなしだったのを掴んで持ってきた。相手は三人以上っていう話だったから、必要だと思ってな」

「さすがです……おかげさまで、助かりました」

「喧嘩慣れしてない、遊びサークルの連中でよかった。でなきゃ、さすがに三人相手はきついからな」

「そう…ですか」

「一発かませばおとなしくなるような軟弱者の集まりだ。今までは数を頼みにしてたのと、女の子相手で強気だったんだな」

「………」

玲史は好きだと告白したのに、ちっとも甘い雰囲気に持っていけない。

そもそも告白自体あっさり流され、吊り橋効果——つまり一時の気の迷いか錯覚ではないかと言われてしまった。

「ええっと…あの人たちのことはもうどうでもよくて…ボク、龍一さんが好きだって言ったの、分かってくれてます？　吊り橋効果とか、助けられて好きになるとか、そういうのじゃありませんから。そもそも、好きだって気づいたの、結構前だし。でも男同士だと悩んだり、今の関係を壊したくないと思ったりでグルグルしてて……」

「グルグルは終わったのか？」

龍一は笑い、玲史の髪を指で梳きながら優しく問いかける。

「終わったというか…また尾形が現れて、あんなことをされて…過去の後悔が掘り起こされたというか……。もうこれ以上後悔したくないと思ったんです。今のままヌクヌクしていると、弟ポジションにされて、龍一さんに恋人ができたときに泣くんだろうな…と考えたら、告白してとりあえず恋愛対象として見てもらったほうがいいかと……」

そこまで言って、玲史はふうっと大きな溜め息を漏らす。

平然としてまったく動じていない龍一の様子から、もう手遅れだったかと泣きたくなった。

「……もう、すでに弟ポジションですか……。もっと早く言えばよかったかなぁ。でも、ボクだって思いきるまでにはいろいろな葛藤があったわけだし……。経験値もゼロだから、いきなりうまく立ち回れるわけもなく……」

ブツブツと呟きながら暗くなっていると、龍一がクスクスと笑って抱きしめてくる。

「玲史は可愛いな」

「……龍一さんがそういう態度だから悪いんです。他の人には、あんまりスキンシップしないくせに。弟ポジション…複雑…嬉しいけど、嬉しくない……」

特別扱いは嬉しいが、恋愛になりえない弟ポジションは嬉しくない。

どうしたらそこから抜け出せるだろうか…と考えていると、顎を掴まれてグイッと龍一のほうに向かせられた。

「……」

龍一のグレーの瞳に、また青味が濃くなっている。銀と青が混じって、なんとも美しい色合いだ。

玲史が魅入られたように見とれていると、龍一の顔が近づいてきてキスをされた。

「――」

額や頬にではなく、唇へのキスだ。玲史にとってセカンドキスになるそれに、玲史は驚きすぎて硬直してしまった。

頭の中が真っ白だった。

自分が龍一にキスされているのがなかなか認識できず、認識できると次に「なぜ？　どうして？」という疑問でいっぱいになる。

龍一のキスはいつも突然で、玲史にはその意味が理解できない。

わけが分からずに固まっていると龍一の舌がスルリと入り込んできて、歯列をこじ開けて中に侵入してきた。

舌先でチョンと玲史の舌に触れ、それから絡まってくる。頬の内側や舌の裏などを刺激され、舌を吸われ、ゾクゾクとした震えが腰から這い上がる。

キスが深まるにつれて玲史の中の疑問は大きくなるが、それについて考えられるだけの思考力はなかった。

ひどく混乱し、快感を引きずり出され、鼻でうまく呼吸できなくて苦しくなってくると、ようやく唇が離れた。

それを少し残念に思いながら、玲史はぼんやりと龍一を見つめる。

「大丈夫か？　目を開けたまま、気絶してないだろうな」

「………」

あんな濃厚なキスをしておいて、面白がっているような龍一の態度はいつもどおりだ。

どういうつもりでキスをしたのか、玲史にはまったく分からない。

「今の…キス……？」

「キスだな」

「………」

そうじゃなくて…と少し恨めしく思いながら玲史が龍一を睨むと、龍一は笑ってもう一度キスしてきた。

「俺は玲史を弟ポジションになんて置いてないぞ。特別扱いはしてたけどな」

「え？　そ、そう…ですか……？」

「ああ、そうだ。初めて会ったときから、欲しいと思った相手だからな。もちろん、玲史が言うところの恋愛感情で」

「え？　え？　は、初めて会ったときから……？」

「いわゆる、一目惚れだ」

「でも…そんなふうには見えませんでしたけど……」

ちょっと怖いような迫力のある見た目にもかかわらず、龍一は優しく感じよく、スルリと玲史の懐に入り込んできた。

大学の先輩で兄貴分といった態度を崩さず、これまでに龍一から下心的なものを感じたことは一度もない。

玲史はそういうのに敏感なほうだから、龍一に下心があれば気がついたと思うのだが。

「最初のとき…目が合って、玲史が怯えただろう？　まずは親しくなってからだと思い、下心は封印した。大学生活が落ち着いてきたと思ったら、おかしな嫌がらせが始まったしな」

出会った一番最初に、捕食者のように光る鋭い眼光に射抜かれたことを思い出す。本能的な恐怖を感じたものの、すぐ普通に挨拶をしてきたことで気のせいかと忘れてしまった。

「あれって…そういう意味だったんですか？」

「ああ。いきなりアプローチをして、怖がらせて逃げられたら困るからな。その代わり、他のやつらとは違うんだぞ…という意味を込めて甘やかしたり触ったりしてたんだが……弟扱いだと思ったのか？」

「だって…そのほうがしっくりきたので……。龍一さん、モテすぎて恋愛なんて面倒くさいっていう態度だったし」

「それはお前、本命が目の前にいるんだから、言い寄ってくる連中は蹴散らすしかないだろ？　誤解されたら嫌じゃないか」

「そういうことだったんですか……」

「そういうことだったんだ」

「でも…さっきボクが好きだって言っても、全然嬉しそうじゃなかった……。吊り橋効果じゃないかとか言うし」

「あまりにも突然だったから、俺だって驚くさ。まだ拉致されたショックを受けていると思っていたし。玲史の告白が、一時の気の迷いじゃないことを確認したかったんだよ。しっかり恋人になりたいからな」

「こ、恋人……」

その新鮮な響きに玲史が目を見開くと、龍一にちょっと睨まれる。

「恋愛感情で好きだっていうんだから、当然だろ。――当然だよな？」

疑うような目で見られて、玲史はコクコクと頷いた。

それはよかったと立ち上がった龍一に腰を抱えられ、ヨイショとばかり持ち上げられる。

「わわっ！」

慌てて龍一の首にしがみつくと、そのまま龍一の寝室へと運ばれてしまった。

ドサリとベッドに降ろされ、上から龍一が覆いかぶさってくる。

「……………」

四回目のキスには、玲史もオズオズとながら応えた。

ツンツンと突つき、絡まってくる龍一の舌の動きを真似、拙いながら必死に応えようとする。

そうすると腰のあたりからジンと痺れるような甘い感覚が這い上がってきて、玲史はブルリと身震いした。

口の中は意外と感じやすいらしいと、ぼんやりとした頭で考える。

濡れた音を立てながらキスをしていると、龍一の手があちこちをまさぐってくる。それから破れたシャツを脱がし、ジーンズに手をかけた。

龍一の手の動きが手馴れているのが不満だが、仕方ないとも思う。恐ろしくモテている龍一が、未経験なわけがないと玲史にも分かっていた。

けれど、これからは自分一人にしてくれないと困る。

龍一への想いに気づいてグルグルと考え込んでいる間に、自分が存外焼きもち焼きだと分かったのだ。

「り、龍一さん……」

「うん？　怖くなったか？」

「そうじゃなくて……恋人になるなら、浮気しないでくださいね。下手だし、体力ないけど……がんばりますから」

「……また、そういう可愛いことを。大丈夫、俺は浮気性じゃない。――玲史に会う前のことは、ノーカウントにしてくれ」

「それは、分かってます。過去に嫉妬しても仕方ないし……」

「助かる。浮気はしないって約束をするから、信じてくれ」

「はい」

はっきりと明言してくれた龍一に、玲史は破願する。

龍一の言葉は信じられる。本当に、信じられないほどモテる人だが、不誠実ではないし、玲史が焼きもちを感じる必要がないほどキッパリと女の子たちを拒絶してくれるはずだ。

それは、今までに何度も見てきた光景なだけに疑うことはなかった。

すっきりとした気持ちで龍一の腕に体を委ね、服を脱がされるのに協力する。

さすがに下着まで取られてしまうと恥ずかしかったし、龍一にジッと見つめられると身を縮めたくなった。

「綺麗な体だ…俺と同じはずなのに、違う生き物みたいだな」

「龍一さんも……」

脱いでと言う代わりにTシャツの裾を引っ張ると、龍一が目元を緩める。

「そうだな」

Tシャツを頭から脱ぎ、鍛えられた胸が現れる。

見事に腹筋が割れた綺麗な体つきに玲史は見とれるが、手早くジーンズと下着も脱ぎ捨て、全裸になられると、目の置き所に困って視線を逸らす。

再び覆いかぶさられ、素肌が直に触れる感触にビクリとしてしまった。

「男は玲史が初めてだけど、一応一通りの知識はあるから。痛い思いをさせないよう、努力する」

「初めて……？」

「ああ。言い寄られることはあったが、試そうとは思わなかったな。というか、自分が男を抱くという選択自体がなかった。だから、玲史を見て、欲しいと思った自分に驚いたよ」

「……………」

出会って間もない頃にそれを言われたら、玲史は怯えて逃げ出したかもしれない。

それまでにも男に言い寄られることが何度かあった玲史は、その手の誘いに辟易《へきえき》し、怯えてもいた。

だから龍一のことをよく知らない最初の頃なら、危険人物と認定してなるべく関わらないようにしていたはずだ。

龍一を好きになった今なら性的興味を持ってくれるのを嬉しく思えるから、とっさに判断して下心を封印してくれたという龍一には感謝した。

本当の意味で頭がいい人だと思い、そういうところも頼もしく、魅力的だと感じる。

龍一にならすべてを任せられるし、自分からおずおずとキスをした。

先ほど龍一に教わった、舌を絡め合う恋人同士のキスだ。口腔内を舐められ、刺激されると、体が熱くなる。

キスしながら龍一の手が首筋を撫でて胸元へと下りてきて、小さな突起を指先でくすぐった。

「んっ……」

合わさった唇から微かな声が漏れ、今まで意識したことのなかった乳首が性感帯の一つなのだと知る。

刺激されてプックリと立ち上がったそこを指の腹で擦られ、摘まれて、ゾクゾクとするような快感に襲われていた。

唇から離れた唇が、首筋を伝って胸へと下りていく。そして赤味を増した乳首を唇に含まれた。

「あ……」

ひどく敏感になっているそこからじんわりと熱が広がり、快感が大きくなっていく。

いてもたってもいられない感覚に玲史が足を擦り合わせると、龍一は笑って玲史の性器を握りしめた。

「ひあっ⁉」

不意打ちに玲史の喉から妙な声が漏れるが、それは龍一の手を上下に動かされて嬌声《きょうせい》へと変わる。

ゆるゆるとした愛撫に玲史は呼吸を荒くし、どうしていいか分からず身悶えた。

他人の手で触られるのが、こんなに気持ちのいいものだと知らなかった。欲望をコントロールすることなどできず、龍一の手の動きに翻弄されるのみである。

「あっ、ん……」

自分のとは思えない甘い声が漏れ、胸からヘソへと下りてきた龍一の唇が性器へと到達すると悲鳴へと変わる。

「……やっ、ダ、ダメ…離して……」

熱い口腔内に包まれるのは、手の感触とは比べものにならない。ましてや強く吸われ、指も使って扱かれたり、無防備な双珠をやわやわと揉まれてはたまらない。

「ああ…ん、くぅ……」

慣れていない玲史がそう我慢できるはずもなく、一気に欲望は高まっていく。

「やぁ…ダメ……出ちゃう……」

玲史は必死になってこらえ、龍一に口を外すようお願いするが、それに対する返答はこれま

で以上に強くすることだった。

「――!!」

頭の中で光が弾け、次の瞬間ガクリと全身から力が抜ける。

あまりにも強烈すぎる快感に一瞬意識が飛んでいた。

はぁはぁと荒い呼吸をしながらぼんやりとしていると、足を大きく開かされて後ろに指が触れる。

トロリとした液体が窄まった蕾に塗られ、指先が潜り込んできた。

「……あ」

反射的に体に力が入ると指は止まり、ホッと吐息を漏らすとまた進んでくる。

ひどい異物感に玲史は動揺するが、それが男同士で繋がるための準備なのだと理解して受け入れようとがんばった。

ハッ、ハッと息を吐き、体から力を抜こうとする。

「いい子だ」

龍一は笑って呟くと、玲史の呼吸を見計らいながらヌルついた指を根元まで挿入した。それから中で動かし、狭い肉襞を刺激する。

痛みはないが妙な感覚に玲史の腰が揺れ、ゆっくりと抜き差しをされるうちに馴染んできた。

すると、いったん取り出されたそれが二本に増えて再び挿入され、倍に増えた体積に玲史の眉間に皺が寄る。

「痛いか？」

聞かれても、声を出すのは難しい。けれど大丈夫だと伝えたくて、玲史はフルフルと首を横に振った。

実際、玲史が感じているのは痛みではなく閉じた部分を押し開かれる異物感だ。痛いというよりも、本能的な恐怖が大きい。相手が龍一で、繋がるためでなければ逃げ出したくなるような行為である。

龍一は焦らず、あくまでも玲史の様子を見ながら事を進めてくれていた。だからこそかろうじて耐えられたのだが、それも三本目となると少し難しくなる。

ひどい異物感に圧迫感が加わって、玲史は小さく喘《あえ》いだ。

苦しいと思うが、中をいじられることでムズムズするような快感が生まれ始めているのも確かだ。龍一の指がときおり感じる部分を掠め、それが三本もの指を受け入れやすくしている。

龍一がそれに気づいてそこを重点的に攻めるようになってからは、つらかった異物感が快感に取って代わっていった。

「は、あ…んぅ……」

甘い嬌声が再び玲史の喉から漏れるようになり、きつかった入り口が柔らかくなる。

玲史の腰が淫らに揺れ始めると、指が抜かれて龍一の体が開かされた足の間に入ってきた。

「……」

とろけた蕾に熱いものが押し当てられ、玲史の体が緊張する。

先端がクッと入り込んでくると、思っていた以上の大きさに悲鳴を上げそうになった。

「あ……」

「大丈夫だ。力を抜いて。指はちゃんと入っただろう？」

指とは違うと言い返す間もなくさらに奥へと進められ、玲史は息を詰める。さすがに痛みがあり、とても入らないと恐怖した。

龍一の手がそんな玲史の頬を撫で、耳朶《みみたぶ》をくすぐる。優しいそれにフッと力が抜けると、またズズッと入り込んでくる。

玲史の体から力が抜けるたびに奥へ奥へと進められた龍一の大きなものを、最後まで受け入れるのには時間を要した。

「——」

ドクドクと脈打つ熱い塊が、玲史の中にいる。

生理的な涙がポロリと零れ、龍一の舌がそれを舐め取った。

「玲史の中は気持ちがいいな」

そう言って笑い、ようやく馴染んできたそれをズルリと引き抜く。

「あぁー…っ」

思わず龍一の背中に腕を回してしがみつき、そのなんともいえない感覚に耐える。

引き抜かれ、挿入され、また引き抜かれる。

そんなことを繰り返されているうちに体は龍一のものに慣れ、感じる部分を意識的に突かれることで快感へとすり替える。

いつの間にか玲史のものも立ち上がってフルフルと震え、抜き差しする龍一の腹に先端を擦られて喘ぎ声を漏らす。

「んんぅ…あ、はぁ…なんだか…変……」

「それは気持ちがいいっていうんだ。……ここだろう？」

言葉とともに感じる部分を強く突かれ、玲史の体が跳ね上がる。

「ああっ」

玲史の中でさらに大きくなったような気がするものが遠慮なく抜き差しをはじめ、玲史の嬌声は高くなった。

「あ、あ、あっ」

最後の瞬間は、ほとんど同時だった。

龍一の腰がひときわ強く突き上げたかと思うと玲史の中で欲望が弾け、それによって玲史自身も射精を果たす。

「……………」

初体験は想像していたよりも衝撃的なもので、頭の中ではチカチカと火花が散っていた。玲史の体の中でおとなしくなったものがズルズルと引き抜かれると小さく声が漏れ、伸しかかってきた重い体に溜め息が漏れた。

「すごく、気持ちよかった」

耳朶を唇に含まれながら甘く囁かれて、まだ熱いままの体にゾクリと震えが走る。汗に濡れた髪を掻き上げる指先にさえ感じてしまいそうで、そんな自分が怖かった。

痛みをほとんど感じることがなかったため、強い快感ばかりが記憶に残っている。

玲史は優しく頬を撫でる龍一の指にうっとりとしながら、甘い吐息を漏らした。

とても充足感があり、幸せな気持ちである。

しかし玲史は重い腕を上げて龍一の唇に触れ、愛の言葉を催促する。

「龍一さん…まだ…言ってもらって、ません……。ボクは、ちゃんと言ったのに……」

「何を…——ああ、そういうことか。そうだな…そういえば、言ってなかった」

龍一はすぐに玲史の求めることを理解したらしく、玲史の頬を両手で包んで正面から目を合わせてくる。

「玲史」

「はい……」

「玲史のことが、好きだ。俺の恋人になってくれ」

「はい！」

玲史は満面の笑みを浮かべて頷き、同じようにして龍一の頬を愛おしそうに両手に包み込む。

「……………」

見つめ合い、微笑み合い、どちらともなく唇を合わせる。

愛を交わしてからのキスは、幸福な味がした。

あとがき

こんにちは〜。このたびは、「お隣さんは過保護な王子様《プリンス》」をお手に取ってくださいまして、どうもありがとうございます。

高校でも大学でも、最初の「友達できるかな？　ぼっちになったらどうしよう……」という不安は誰しも共有するものだと思います。なのに、大事なスタートのときに入院なんてことになったら、ものすごいハンデですよね。ようやく登校できたときには、もう絶対に人間関係ができあがっているし。その後、うまく馴染めるかどうかは運次第って、考えるだけで怖いわ〜と思いながら書いていました。

龍一と玲史が住んでいる街には、「愛しの従兄弟は漫画家様」の宗弘《むねひろ》と七生《ななお》も住んでいます。コーヒー店やスーパーでたまに顔を合わせるものの、七生は忙しいし、玲史は人見知り気味だしで一緒に遊びに行くほど仲良くはならず…という感じでしょうか。でもスーパーの特売情報は交換し合い、たまにコーヒー店で一緒にケーキセットを食べたりと、ゆっくり友情を育んでいます。宗弘は一度玲史に会っているので、玲史にならに取られる心配はなさそうと安心して送り出す感じです。

七生はオカン気質だから人の世話を焼くのは全然苦にならないし、むしろやりがいを感じますが、玲史はもっと普通の男の子です。真面目な性格だから、高校に行かなくて申し訳ないな、ずっと家にいるし、両親は忙しいし…と家事を始めただけで、世話焼きというわけではありません。でもやっぱり生真面目さが出てきっちりきっちりやりますが、龍一と恋人同士になったらむしろ龍一のほうが嬉々として家事をしそうです。

明神翼さん、原稿が遅くてすみません。そして、いつも綺麗で可愛いイラストをありがとうございます。表紙と口絵はもう送ってもらっていまして、ひたすら「かーわーいーいー♡」なのですよ！　龍一は頼もしくも格好いいし、玲史も思わず守ってあげたくなる感じで素晴らしいですね～。本文イラストも、とても楽しみにしています。

時折、無性に沖縄《おきなわ》に行きたくなります。青い空と青い海に囲まれ、のんびり昼寝したい…という強い欲求が……。曇天の日が続くとそう思うから、分かりやすいわ～私。

パソコンを持って行ってもいいけど、沖縄は飛行機代が高い。そういえばマイルどれくらい貯まっているんだろう…と見たら、あと二千マイルで沖縄でした。それからせっせと貯め、目標到達。これでいつでも沖縄に行けるんだな～と思ったら、なんだか不思議と行っていないのに満足感が（笑）。

しかし沖縄には電車がないので、運転しない私には移動がつらいです。免許証はちゃんと持っているしゴールドですが、一度たりとも運転したことがない……。東京に住んでいるぶんには全然必要ないものの、旅行に行くと「運転できればな〜」と思うことがしばしばです。かといって旅行のためだけにペーパードライバー講習を受けるのも、自分の怪しい運転に命を懸けるのもいや……。なので、ホテル選びは真剣です。

仕事が煮詰まると伊豆《いず》にパソコンを持って行っている私の条件は、和室と部屋食。レストランで一人でご飯食べるのは寂しいから、テレビを見ながらのんびり海の幸を食べるのが幸せです。仕事の調子がいい年は年に一回、調子が悪い年は三回くらい行きます。やっぱり、家にいるより進みがいいんですよ。今年はあんまり行かなくてもすむよう、がんばろう……。すでに仕事が遅れてて涙目の私です。

若月京子

こんにちは、明神翼です☆
「お隣さんは過保護な王子様」
とてもキュンキュンな素敵なお話
で、すっごく楽しんでイラストを描か
せていただきました♥
龍一の剣道着姿を描けてとても
嬉しかったです―♥♥
どうもありがとうございました―！

みょうじんつばさ

お前も俺のこと、好きだろう?
KYOKO WAKATSUKI
若月京子
illust◆TSUBASA MYOHJIN
明神 翼
婚約者は俺様生徒会長!?
小さい頃から男にモテモテの美少年・中神八尋が入学したのは全寮制男子高校。上流家庭の子弟が通うセレブ校だが、生徒の大半がホモという超危険地帯！　野暮ったい変装で美貌を隠し、地味で平穏な学園生活を望む八尋だが、人気も俺様ぶりもナンバーワンという生徒会長にして鷹司財閥御曹司の帝人に気に入られて婚約するはめに。それを帝人の親衛隊が黙っているはずもなく——!?

若月京子 ill.明神 翼

婚約者シリーズ

大好評発売中

婚約者は俺様生徒会長!?

婚約者は俺様御曹司!?

婚約者は俺様若社長!?

ダリア文庫

冷徹非情の敏腕秘書は、
可愛くて癒される存在に
メロメロ!?
秘書様は溺愛系
The secretary is Infatuated with his darling
明神 翼
ill.Tsubasa Myohjin
若月京子
Kyoko Wakatsuki

外食チェーン店社長の一人息子・相楽真白は天然童顔の大学生。クールな大人の男を目指す真白は、父と行ったパーティーで、その理想像のような男・長嶺と仲良くなる。父と喧嘩して家出した真白は、長嶺の家に居候させてもらうのだが——!?

✻大好評発売中✻

DB DARIA BUNKO ダリア文庫

愛しの従《い》兄《と》弟《こ》は漫画家様
my darling cousin is a cartoonist
好きっていう気持ちに
素直になりたい！
若月京子
kyoko wakatsuki
明神翼
ill. tsubasa myohjin
大学進学を機に、七生は東京にいる従兄弟で人気漫画家の宗弘の家に居候することに。超多忙で家事に手の回らない宗弘にかわり、料理上手な七生は、バイトとして家事を引き受ける。優しい宗弘と暮らすうちに七生は彼への自分の想いが恋だと気づくが……。

大好評発売中

ダリア文庫

藤堂猛虎は名前とは正反対の内向的な性格だが、好きな絵で食べていきたいと一念発起、漫画を描いて出版社へ。漫画は不採用ながら、編集者の中丸は猛虎の性格を理解し、その才能を生かそうと協力してくれる。そんな中丸に猛虎は惹かれていくが…!?

＊大好評発売中＊

DB ダリア文庫

神香うらら
urara jinka
明神翼
ill. tsubasa myohjin
第一印象は
最悪だったけど、
また会っても
いいかなって……
……あれ？
これが
恋?!
兄の彼氏の兄
ani no kareshi no ani

夏葉は兄・冬雪が経営する紅茶専門店を手伝う大学生。ある日、冬雪の留守中にエリート然とした男がやってくる。彼は冬雪の同性の恋人の兄、孝史だった。弟と別れるよう迫る孝史に、夏葉は猛反発。ところが思いがけず彼の部屋に泊まることになり……!?

✻ 大好評発売中 ✻

ダリア文庫をお買い上げいただきましてありがとうございます。
この本を読んでのご意見・ご感想・ファンレターをお待ちしております。

〈あて先〉
〒173-8561　東京都板橋区弥生町78-3
(株)フロンティアワークス　ダリア編集部
感想係、または「若月京子先生」「明神 翼先生」係

❋初出一覧❋
お隣さんは過保護な王子様……………………書き下ろし

お隣さんは過保護な王子様《プリンス》

2015年3月20日　第一刷発行

著者　若月京子

©KYOKO WAKATSUKI 2015

発行者　及川 武

発行所　株式会社フロンティアワークス
〒173-8561　東京都板橋区弥生町78-3
営業　TEL 03-3972-0346　FAX 03-3972-0344
編集　TEL 03-3972-1445

印刷所　中央精版印刷株式会社

本書のコピー、スキャン、デジタル化等の無断複製、転載、放送などは著作権法上での例外を除き禁じられています。本書を代行業者の第三者に依頼してスキャンやデジタル化することは、たとえ個人や家庭内での利用であっても著作権法上認められておりません。定価はカバーに表示してあります。乱丁・落丁本はお取り替えいたします。